呼吸《いき》もできない

アーバンクロウ

URBAN CROW

鐘下辰男

論創社

アーバンクロウ――呼吸《いき》もできない

装幀／西山昭彦

目次

アーバンクロウ——呼吸《いき》もできない……5
あとがき……133
上演記録……135

アーバンクロウ——呼吸《いき》もできない

登場人物

赤井
栗栖
山崎
望月陽子
藤堂

1

赤味を帯びた、真夏の朝の陽光が、淡いカーテンをすかし強烈に照射している——。

そのカーテンの向こうに、時折揺れて映っている影は、外にかけられた雨晒しの鉄風鈴……。


今から十五年前、この家の母親が母屋から独立させるという形で、ひとり娘の為に建てたというこの「離れ」は、今もこうして、ひっそりと当時の面影をそのまま残している。

娘が高校を卒業してからの十年間、その間使用されていなかったであろうことは、その生活感のなさと、妙に埃っぽい古めかしい感じからも歴然……。

かつてはもっと色鮮やかであったであろう、花柄模様の薄手のカーテンは陽《ひ》に晒され続け、すっかりと色が落ち、わずかに柄を残すのみ……。その窓辺に置かれているのは、手製の簡易ベッド。ビールケースを組み、板を敷き、ベッドマットがのせられている。足元には、小型のテレビが一台。木製の勉強机の上には電気スタンド、ガラス工芸のランプ……。手製の本棚には、国語、古語、英語等の各種辞典と数冊の高校受験用の参考書、文庫本等が添えられている。他にポータブルラジオ、目覚まし時計（ゼンマイ式のもの）、写真立てに入れられたエゴン・シーレ画のレプリカ、数十本の短くなった鉛筆とそれを削るためであろう小刀、数十個の小さくなった消しゴムなどが収納されているトレイ等に交じり、奇妙な形をしたオブジェ一体、そして折り紙で作成された、「ガラスの動物園」ならぬ小さな紙の動物たち……。机の横に置かれた本棚には参考書の類がびっしりと積められている。目を転ずれば、扇風機、ポータブルレコードプレーヤーがそれぞれ一台ずつ。中央には食事を摂るのであろう、二人掛けくらいの小型のダイニングテーブル。隅の小テーブルには、乾いた苔が付着した中身が空の水槽一つ。壁に沿って置かれている背の高い書棚には、多量の文学作品、漫画『ベルサイユのばら』全巻……余白には埃をかぶったままのぬいぐるみが数点……。

壁には寒暖計、動きを止めてしまった柱時計、そしてどこかの大河に沈む赤い夕日を映したポスターが一枚……天井からは煤けた蛍光灯……。そして、モビール……。

片隅にはトイレと、簡単な調理が可能なキッチン、小型の冷蔵庫までが備え付けられていることから、どうやらお風呂以外は、母屋へ行かなくとも、だいたいの生活が送れるように設計されたようである。一見して古ぼけたアパートの一室を連想させるのは、そのためだろうか……。他に、屋内の至る所に置いてある、空き缶、空き瓶が多数……。

カーテンをすかして差し込む、赤い陽光に、ぼんやりと浮かんでいる、押入れの襖……。

鍵穴に鍵が差し込まれる音がして、小さな曇りガラスがはめられた粗末な扉を開け放ち、黒のスーツに身を固めた赤井が、転げ込むようにして外から入り込んでくる。

赤井　――！

すでに口中は、吐瀉物で満たされている状態。それをゴボゴボと入り口付近に撒き散らしながら、なんとかトイレの扉を探し当てると、その白い洋式便器をかかえこむようにして、一気に胃の中のものを吐いた――。

トイレの壁には、学習用の歴史年表、英単語がびっしりと張られている。

赤井　――（背を丸めて吐いている）

トイレの小窓から差し込んでいる赤い陽光が、吐瀉物を吐く度にピクピクとうごめく、赤井の背中を浮かばせている……。

近くに学校があるのだろう、登校する小学生たちの歓声……。

外界はすでに一日の活動を開始しているようだ……。

赤井　……真っ赤に燃えたぁ、太陽だからぁ、（自分の吐いた吐瀉物を見つめ、つぶやくように歌っている）

水を流し、トイレから出てきた赤井は、手にしていた週刊誌（キワどい見出し等で悪名高きもの）を中央のテーブルへと投げ捨て、キッチンへ向かうと蛇口をひねりうがいをする。

昨日の格闘の名残だろう、口の中が切れているのがわかる……。

血痕と汗で、汚れた顔を洗う……傷がしみる……うまく洗えない……気分は一向によくならない。

生ぬるい水が、キッチンのくすんだステンレスを叩く——。

外気温は、すでに三十度を超えているだろう……、キッチン脇の小窓がやけに赤い……。

今日も真夏日になるのは間違いない……小学生たちの歓声——。

赤井はその薄汚れた小窓を開ける。

赤井　（外を行く小学生たちに向かって）うるせぇ！　学校行くときくらい黙ってろ！　——ガキは黙って歩けってんだよ！（胃に激痛が走る……）……糞……、

最悪なことに、今日は微風すら吹いていない……。

彼は汚れた上着を脱ぎ律儀にたたんで、テーブルへ置く。

入り口付近に撒き散らされた、自分の吐瀉物に気付くと、手ですくい上げ、掃除をする赤井。

ふと、ノブに差し込まれたままの鍵に気付き、それを引き抜くと、テーブルへと投棄し、後ろ手でドアを閉める。

一気に汗が噴き出てくる……赤井はカーテンで仕切られている窓辺へと行き、その色あせた花柄のカーテンを引き開ける――。

赤井　――！　……（まぶしい）

薄暗い室内は、一気に灼熱の赤き陽光によって射られる――。

閉塞感はなんとか解消されるものの、熱波と紫外線によって焼き焦がされるようだ……。

陽光によって明るみにされた赤井の顔面は、血痕と生傷で腫れあがっている。同様に、その白いワイシャツは、原形をとどめぬくらいに血と土で汚れている。そして、足元の運動靴にも赤い血痕が数点……。

赤井は窓をも開け放つ――窓辺の陽光に焼かれた鉄風鈴が、チリンチリンとむなしく揺れた……。

遠くでは、すでにビル建築の工事が開始されている。

傍らに扇風機を見つけ、スイッチをＯＮさせるが、なぐさめにもならない。「糞っ」とばかりに、机にそえられた小さな回転式の椅子へと座り込む。

ジリジリと照りつける赤き陽光、吹き出る汗……。

懐より、ショートピースを取りだし火をつける。

赤井の吐く紫煙が、灼熱の陽光にどんよりと漂う……。

赤井　……。

机上に乗せられた折り紙の動物たちに気がつく赤井……。

どうやって折ったのか、相当精巧な折り紙だ。

ふと机上の本棚にある一冊の文庫本が目に入り、手に取って見る。芥川龍之介『或る阿呆の一生』……。

赤井　……、

……胃に激痛が走る……持っていた文庫本を机上へと放り投げる。その拍子に、紙で折った動物たちが、数匹床へ落ちる。

酒、特にビールは医者に厳しく禁じられている筈だった……。肥満の医者に言わせると、いつ胃に穴があいてもおかしくない状況らしい。

そこへキッチン脇の小窓から顔を出す、男が一人……。

栗栖　……。

栗栖である。彼はサウナ状態となっている室内を小窓から睥睨し、赤井の姿を確認すると、腕時計に目をやり、扉を開けて中へと入ってくる。

青いスーツ姿に開襟シャツの栗栖は、椅子に座り込んでいる並木を一瞥すると、靴を脱ぎ、上がり込もうとするが、入り口付近に残されていた赤井の吐瀉物を踏みつけてしまう。栗栖はテーブルに置かれている赤井のスーツを雑巾代わりにして床を拭くと、キッチンへ向かい、その生暖かき水で同じように汗で濡れた顔を思いきり洗いはじめた。

赤井も顔を洗っている栗栖の背中を一瞥、条件反射のように腕時計を見やり時間を確認すると、どっかと机に血痕がこびりついた運動靴に覆われたその両足を乗せて、くわえ煙草のまま激痛が去るのを待つかのように、眼をつむる……。

小学生たちの歓声……。

栗栖　（吐瀉物を踏みつけた靴下をシンクに投げ入れ）今日も三十度超すってよ。まったく、やってられねぇや、（懐から喉用の薬を取りだし喉の奥にスプレーしながら）な。
赤井　……。（答えず、目をつむり座ったまま）
栗栖　（赤井のくわえていた煙草を取り上げ、窓から外へ投棄する）
赤井　（栗栖を睨みつける）

栗栖　靴、

赤井　……、（ふたたび目をつむる）

栗栖　おい、（血痕のついたその運動靴を机上より払い落とす）

赤井　動かすな、馬鹿。（胃が痛い……）

栗栖　育ちが違うんだ、育ちが。

赤井　なんだって？

栗栖　お嬢様相手なんだから、ちったぁ考えろってことだよ。

赤井　フン……今更、血は変えられねぇよ、（運動靴を脱ぎ始める）

栗栖　ちゃんと顔出したのか、母屋には。

赤井　（運動靴を脱いで、傍らのゴミ箱へと投棄）

栗栖　おい、（答えろ）

赤井　ちゃんと鍵も貰えたさ。

栗栖　出かけたのか連中？

赤井　お仕事じゃあねぇのぉ？

栗栖　今日くらい休まねぇか普通、

赤井　人それぞれの普通ってのがある。

栗栖　いやだ、いやだ、人間ってのはよ。

赤井　おまえが言うな。

栗栖、押入れを開け、中を見る。
熱波と共に、ムッとするかび臭い匂いが、栗栖の鼻腔を襲う。
押入れの壁には、学習用世界地図、見上げると、天井には、英単語表……。
仁丹を数個、口中へ入れ、喉スプレーする栗栖。
遠く、工事音……。

栗栖　昨夜はどこに泊まったんだ。
赤井　……、
栗栖　帰ってなかったな。
赤井　勝手だろ。(つまり見張られているわけか?)
栗栖　相手は。
赤井　あ?
栗栖　その血だ。
赤井　おぼえてねぇな。
栗栖　所轄《してん》に飛ばされて、ちったぁ人生、勉強したかとおもえば相変わらずだなあんたも。
赤井　(いきなり早口でまくしたてる)――昨夜《ゆうべ》は本部を出て、そのまま三軒茶屋のいきつけの飲み屋に直行、24時24分発の最終電車で渋谷に出て、井の頭線のガード下で飲み直したことまではおぼえているが、気がついた時は宮下公園で血だらけで横になってた。公園の水道で血を洗い、そのまま始発電車まで眠ろうと思い、ベンチに横になりましたが、7時47分起床、よって朝の捜査会議には間に合わぬと判断し、ここへ直行致しました。以上、報告終わり。

栗栖　で、小学生と仲良く肩を並べてご出勤か。

赤井　ああ、そうだ！

栗栖　一一〇番されなかっただけましだな。

赤井　胃が引き千切れそうなんだ、朝っぱらから無駄な喋りやらせるな。

栗栖　（仁丹の小箱を机に放り投げる）とにかくその酒くさいのだけでもどうにかしろ。

赤井　冗談やめてくれよ、レディに向かって仁丹臭い息吐いて笑ってろってか？

栗栖　酒くさいよりはましだ。

赤井　ジジイがよ、

栗栖　若禿げに言われたくはねぇな。

赤井　髪の毛なんてなぁどうでもいいんだ。問題は肌のツヤだ、馬鹿――（煙草に火をつける）

栗栖　（赤井の口から煙草を取り上げ窓から投棄する）

赤井　俺には、ゆっくり一服する権利もねぇのか？

栗栖　女が嫌がる。

赤井　随分な女王様だ。

栗栖　女王様以上さ、唯一の目撃者なんだからな。

赤井　役に立たねぇ目撃者。

栗栖　人のこと言えるかよ。じゃああんた思い出してみろよ、一体誰にやられた。

赤井　俺はただの酔っ払いだが、向こうはれっきとしたビョーキだ。

栗栖　俺に言わせれば、充分あんたもビョーキだがな。

赤井　ビョーキにもなるさ、この暑さじゃあな、（ふたたびショートピースを一本くわえる）

栗栖　（それをまた窓から投棄し、携帯電話を取り出しダイヤル）おい、いつまでかかってんだ？——食えりゃあいいだろ、そんなもん——赤井はもうこっちに来てるぞ。——あぁ、なんでも昨日は自棄酒あおって、誰かさんと格闘の末、公園で一泊されたそうだ。（笑う）——（時計を見やり）いいから、あと五分以内に引っ張って来い。一日は二十四時間しかねぇんだからな、（携帯を切ろうとして）あ、ちょっと待て！　山崎！　もしもし！　——ついでにそこのコンビニでワイシャツ一枚買って来い。ちょっと待てよ——（赤井に）おい、サイズは？

赤井　……。（答えず）

栗栖　（携帯に向かって）とにかく白けりゃいい、一枚買って来い——下着ならあんだろ、下着なら——パンツじゃねぇ、シャツだ、シャツ！　それとな、靴下一足、色は青。いいか五分以内だ。（携帯を切る）

赤井　栗栖。

栗栖　あん？（喉スプレー）
赤井　俺が捜査本部から外された理由はなんだ。
栗栖　まだねぼけてんのか？
赤井　（テーブル上の週刊誌を取り）こいつか。
栗栖　わかってんなら、聞くんじゃねぇよ。
赤井　要するに本部は、このガキに関して動くつもりはないってわけだな。
栗栖　そんなことはねぇさ、
赤井　じゃなぜ俺を外した。
栗栖　他人《ひと》のシマ荒らしておきながら、よくもそんなデケェ口叩けたもんだ。
赤井　本庁殿に任せておいたら、闇から闇へ葬られる可能性、大だからな。
栗栖　奴はセンター街にたむろしてるようなただのガキじゃねぇ、
赤井　知ってるさ。暇さえありゃあ近所の猫とっつかまえてバラバラにしているサイコ野郎だ。
栗栖　慎重に事を運べってことは捜査会議でも確認した筈だ。
赤井　そりゃあサイコ野郎が検事様の息子とあっちゃあまずいだろうからな、全く、御立派な国だよ、ここは！
栗栖　御立派なのはあんたの脳味噌だ！　プッカプカ白い豆腐でも浮いてんじゃねぇのか⁉
赤井　奴はクロだぞ！　とっとと引っ張りゃあいいだろ！
栗栖　ところがどっかの誰かさんが、（週刊誌を示し）こんな真似してくれるもんだから、動こ

うにも法務省辺りがうるさく言ってきて、

赤井　(同時に) 仁丹臭ぇ息、かけんじゃねぇ！

栗栖　下手な真似ができなくなっちまったんだよ！

　　小窓から、顔を出している山崎が見える……。

　　室内の二人、それには気づかず、

栗栖　どうしたよ、終わりか⁉

赤井　(胃が痛い)……、

栗栖　そうだ、忘れてたぜ。本庁《うち》の谷村があんたにヤキ入れるって息巻いてたぞ。ブン屋とつるむような奴は地獄へ落ちろってな。

赤井　……(栗栖を見つめる)

栗栖　要するに夜の一人歩きには気をつけろってことさ。思い出したか？

赤井　……(つまり昨日の暴漢は身内か……) 糞……、

　　力なく回る扇風機……

栗栖　普通なら多摩の派出所あたりに飛ばされても文句、言えねぇ所だ。ま、今日からスッパリそのいかれた脳味噌切り替えて、望月陽子のことだけを考えろ。こっちはこれから糞暑い中、ドブ板回りに明け暮れなきゃあならねぇんだ。若い女のボディガードなんておいしい仕事じゃねぇか。

赤井　奥多摩で、農家のおばはんの尻《けつ》でも眺めてた方がましだったな。

栗栖　尻《けつ》はなにも喋っちゃくれねぇ。ところが望月は違う。心的外傷ストレスって奴はいつまた記憶が戻るとも限らねぇんだからな。あんたみてぇによ。

赤井　記憶喪失の女王様相手になにしろってんだ。俺に医者の真似事でもしろってのか？（医者の真似）

栗栖　望月陽子には自殺の恐れがある。

赤井　要するに見張り役、いや下男ってわけだ。（下男の真似）

栗栖　言っとくが、万が一死なせたら、今度こそあんたの首は確実に飛ぶ。

赤井　死にたい奴は死なせりゃいいのさ。

栗栖　だったらとっとと死ねよ。あんたがいなくなれば、警察も痛くねぇ腹探られることもなくなるだろうからな。

赤井　……気が狂いそうだ。

栗栖　充分狂ってるよ、あんたは。

栗栖が小窓の山崎を確認する。

栗栖　（時計を見て）ぎりぎりだな。
山崎　（小窓から顔を出しながら）母屋、誰もいませんでしたけど。
栗栖　いつもと変わらず、御出勤召されたんだと。
山崎　露骨だなぁ、
栗栖　金、金、金、金、なんでも金の世の中、
山崎　（差し出す）子ども用しかありませんでしたよ。
栗栖　奴の脳味噌にはピッタリだ。（シャツを赤井に投げつけ）おい、
赤井　あいにくと俺はTシャツ派なんだ。
栗栖　（トイレの戸を開け）ふざけんなよ、だったらその血、今すぐ洗い流せ！
赤井　（シャツを取り、着替えるためにトイレに向かいながら栗栖を挑発するように）男鰥《おとこやもめ》だから洗濯は得意だぜ、特に染み抜きはよ！

赤井が扉を閉めた時、栗栖、戸に指を挟めてしまう。

栗栖　……、（痛い……）
山崎　（見て見ない振り……笑っている）
栗栖　（山崎に）トイレで着替える分、まだまともだな。

山崎　きっと本庁の教育がよかったんでしょ、

栗栖　女は？

山崎　（示す）

栗栖　（小窓から外へ顔を出し見るが、山崎に）おい、またゴミ拾いか？

山崎　分かるでしょ、時間どおり運ばないのが。

栗栖　（扉を開け、外にいるであろう女に）おい、入んな。

望月陽子が入ってくる……。

白いワンピース……。そして白いつば広の帽子……。

全体的には清楚な印象を受ける衣装だが、その、身体全体をすっぽりと覆っている洋装は、少なくとも真夏の格好ではない。

特に、顔の半分近くを覆っているその黒い大きなサングラスと、左手首に巻かれた白い包帯は不気味である。

特筆すべきは、大きなトランクを重そうにひきずっているのだが、一緒にスーパーの袋につめられた、ビールや酒の空瓶を抱え込んでいることだ……。

歩くたびにその空瓶がカチカチと打ち合う音がする。

栗栖　……。（陽子を見つめている）

小窓から顔をのぞかせていた山崎も、手にコンビニの弁当を持って入ってくる。スーツにTシャツ姿。上着は抱え持っている。Tシャツはすでに汗でびしょ濡れだ……。

陽子　……。

陽子は、身体をこわばらせながら、室内へと入り込み、しばし室内を一瞥……。

鉄風鈴が、わずかな風で揺れた……。

陽子　（風鈴を見つめる）……。（サングラスが赤き陽光に光っている）

太陽光のさし込みが気にいらないのか、カーテンを閉める陽子。それでも不足なのか、窓枠から雨戸を引き出し、次々と窓を封印し始めた——。

栗栖・山崎　……。（その行為をじっと見つづけている）

室内は入り口わきの小窓から入ってくる、外光のみ……

その薄暗がりの中、ふと、足元に落ちている折り紙の動物たちに気がついた陽子は、それを拾い上げ、机上へと並べ直す。
トイレのドアが突然開いて、ピチピチの、子ども用のランニングに着替えた、汗びっしょりの赤井が小窓から差し込む外光を背に出て来た。

陽子　――！（逆光の中に見える赤井）

陽子、逃げるように押入れの上段へと入りこみ、襖を締めきってしまった――。
赤井、しばし、茫然……。

赤井　おい、なんだありゃあ？
山崎　フラレちゃったのよォ。

襖が開き、陽子がふたたび出てくる。
室内に残してあったトランクとビールの空瓶の入った袋を手に取り、押入れへと入り、ふたたび中から襖をピシャリと閉めてしまう。

栗栖　なんか変わったことがあったら連絡くれ。（懐から警察手帳を出し、書きつける）
赤井　今だって充分変わってるだろうが、

栗栖　（かまわずメモを差し出し）わかってるとは思うが本部には通すな。俺に直《ちょく》だ。

赤井　おい、なにも俺じゃなくたって交通課のメスポリあたりでいるだろ、暇なのがよ、

栗栖　これは一課長直々の「特命」だ。文句があんなら課長に言え。

赤井　……、

栗栖　（書き出したメモを差し出し）俺の携帯。

赤井　――、（栗栖の携帯の番号が書かれたメモを取り上げようと）

栗栖　（その手を捕らえ）余計なことは考えるな。あんたは女を死なせなけりゃあ、それでいいんだ。

赤井　（手を払い、メモをポケットに突っ込む）

栗栖　（手の平を差し出す）

赤井　なんだよ。

栗栖　弁当代。（山崎を見る）

山崎　シャツと靴下合わせて、○○円。

赤井　（ポケットをあさり小銭を差し出す。百二十円……）

山崎　しけてんなァ。週刊誌からたんまりと報酬入ったんだろォ？

栗栖　（山崎に）生憎、慰謝料で全部消えちまうのさ。

赤井　――！

突然栗栖にかかっていく赤井。が、いとも簡単に栗栖に制せられる。

栗栖 ちったぁ負けて貰えよ、一回やりゃあ随分と稼げるんだろうからな、あんたの元ハニーはよ。

赤井 ……、

栗栖 (山崎に) 行くぞ。

山崎 先に行っててください、すぐ後から追いますから。

栗栖 (鼻で笑う) ま、仲良くやんな。

栗栖、扉を荒々しく閉め、出ていく。

山崎 いいかげんにしてくれよあんた。あんたが酒欲しさにブン屋にネタ売って回るのは、そりゃあかまわねぇけどな、お蔭で本庁の連中が殺気立ちやがって、朝から俺たちは立場ねぇんだよ!

赤井 ……。

山崎 頼むから辞めてくれねぇかあんた。

赤井 子どもじゃねぇんだよ、テメェが辞める時くらい、テメェで決める。

山崎 ポーズ取ってる場合か。

赤井　うるせぇな。

力なく回る扇風機……

山崎　（処置ナシといった体《てい》で、一冊の本を赤井の前に差し出す）

赤井　……なんだよ。

山崎　署長から預かってきた。

赤井　（その本を見て）……ふざけてんのか、あの馬鹿。（その派手なカラーの表紙には、「初歩からのカウンセリング」とある。素人用のいかにも入門編といった類《たぐい》のもの）

山崎　いけすかねぇマザコン野郎だが、今回の件をなんとか捜査逸脱ってことで収めたのはあの坊ちゃんだ。

赤井　だからなんだよ、

山崎　答えてやれよ、ゴキタイによ。うまく女の記憶取り戻させれば本庁の鼻も明かせるしな。ま、がんばれ。医者でもうまくいって治せるのが三ヶ月から一年かかるって話だ。（携帯が鳴る）気を長ぁーく持って――（本で赤井の頭を叩きつける）大人しく謹慎してろ！（携帯に）山崎です――あぁ、今出ますよ――え？（辺りを見渡す。キッチンのところに栗栖の「ノドぬーる」がある）あぁ、ありました、ありました。――はい、すぐ行きます。（携帯を切って「ノドぬーる」を取り上げる）ったく、（赤井に「ノドぬーる」を示し）

赤井　毒でも入れとくか？

赤井　おい、相手は突っ込まれた女だ。そして俺はなんだ？　男だ。本部は一体なにを企んでる？　え？　おまえ知ってんだろ？

山崎　俺は誰かさんと違って、口が固いんだよ。

赤井　そんなに忠犬ハチ公でいてぇのか、テメェ。

山崎　俺は都会派だからよ。奥多摩で農家のおばはんの尻《けつ》、眺める気にはなれねぇな。

赤井　（自棄気味）涼しいぞォ奥多摩は、木々がそよいで、そよ風サラサラってよ、

山崎、扉を閉めて出ていく。

赤井　……。

赤井、キッチンへと向かい、蛇口から水を出し、頭からかぶる……。

赤井　……。

水を止めるが、しばし、そのままの格好……。
ポタリポタリと、したたる水がシンクを叩く……。

小学校の授業開始のチャイムだろうか……工事音に交じって、遠く……。

赤井　……。（チャイムの方を見やる）

都会のセミが鳴き始めた……。

赤井、腕時計を見やる……。ふと閉めきられた襖を一瞥……。

静まり返っている押入れ……。

赤井、懐より携帯電話を取り出すと、ダイヤルし始める。

赤井　（呼び出し音の鳴ってる間、例の週刊誌を取り上げ）――おい、おい、寝てんじゃねぇぞ――俺だよ、赤井、赤井――あぁ、もちろん読んださ――ま、いいよその話は。ところで今からこっち来れねぇか――編集会議？　どこの？　――いいよそんなもん、とりあえず十万持って来い――先月分まだ振り込んでねぇんだ。とにかく十万だ。それ以上は負けねぇぞ――いいから、住所言うぞ、世田谷区池尻四-十二-十四――（笑う）ご名答、望月陽子の実家だ――なんでって知らねぇのか？　今日、退院しただろ――（笑う）大丈夫か、そんなんで――だろ？　面白いだろ――あ、気をつけろ、おまえには尾行がついてるかもしれねぇ――（笑う）わかったよ。とにかく玄関入って左に行くとな、離れがあっから、母屋には誰もいねぇから、そのまま来ればいい――（襖を見やり）言っておくが、相手は正気じゃねぇからな。事件の後遺症で半分ヒステリー状態だ――。

赤井、ふと（机上の）止まっている目覚まし時計が目に入る。

時計のゼンマイを回し、腕時計の時間に合わせる。

赤井 あぁ、待つさ。とりあえず今はそれしかできねぇんだからな。待つのが俺の仕事ってわけだ――あいよォ。（携帯を切る）

カチリカチリと時を刻む音色が室内に染みこんでいく……。

薄暗き室内……静まり返っている押入れ……。

雨戸から漏れる、赤き太陽光が小さなスジとなって室内を走っている――。

赤井、週刊誌のヌードグラビアを見ながら、おもむろに上着のポケットから栄養ドリンク剤を取り出し、グイと飲み込む。

空瓶を、屋内に置かれている空き瓶の群へと置き、床に落ちている上着を取り上げる。

赤井 ……、（栗栖に雑巾代わりにされていた上着）

かまわんとばかりに、その上着を着込んで、やがて、押入れと対峙。

赤井　そろそろ限界じゃねぇのか？

押入れからの返事はない……。

赤井　いいかげん出て来いよ。ただいま室内は（寒暖計を見る）おい、冗談やめてくれよ、摂氏三十二度？　……中はそれ以上だろ。息苦しい……。窒息するかもしれん……。違うか？

静まり返っている押入れ……。遠く、パトカーのサイレン……。

赤井　……。

赤井、押入れへと歩み寄り襖を開ける——しかし、すぐさま襖は音をたてて、絞めきられた——。

赤井　——！

指を挟められた……相当痛い――。
蛇口に走り、指先を水で冷やそうとする。たいして効果がない。

赤井　……糞、（笑いかける）別に取って食いやしねぇさ。（テーブルの上の弁当を見る）。そうだ、腹、減っただろ。初対面同士が仲良くやるには、まず一緒に飯を食うことだ。（テーブルの上に弁当を出す）おいおい、朝から生姜焼きかよ、シブイなあんた（笑う）。（臭いを嗅ぐ……気持ち悪い）いい臭いだ。生姜がきいてるな、こりゃあ。あんたお嬢様だからこんなの口にあわねぇかもしれねぇが、食えよ。ここはあんたの青春の館だ。思う存分、食って羽根伸ばしたらいいさ。

赤井、座って待つ。

赤井　……。

押入れからの返事なし……

赤井　（いきなり襖に食いつくように）――言っとくが根比《こん》べなら負けねぇぞ！　こっちは本職だからな！　三日三晩、眠らずに張りつくなんてのは初中後《しょっちゅう》だ、ざまあ見ろ!!

返事なし……

赤井　（襖に耳をつけ耳をすまし……）聞こえるぜ……。もぞもぞ、もぞもぞ、小便でもしてぇか？

赤井、トイレへ入る。

赤井　（小便をしながら）あ、そういえばあんた、胃から出てくる血って見たことあるか？　真っ黒なんだ。それにひどく臭い。（便器をさして）――糞以上だ（笑う）。

赤井、トイレから出てくる。

赤井　育ちはずいぶんと違う俺たちだが、なに、話は合うと思うぜ。考えてもみろ、俺が普段話をする連中といえばだ、頭ぶっとんでる犯罪者か、いかれた身内ばっかりだ。つまり俺は、警察に入ってからというもの、まともな連中とは口をきいたことがない。（時折弁当をつまみ食いながら）だから精神科の医者なんかよりはずっと狂った連中には慣れてるってわけだ。（食べた弁当を口中から吐きだしてしまう）それに俺だって人から言わせりゃあ、半分ビョーキらしい。（笑う）……別れた女房がよく言ってた……。あんたは狂ってなんかいない。ただちょっと神経質なだけだ……（力なく笑う）冗談じゃない……。俺は自分という人間をよく知ってる。他人なんかよりもずっとだ。もしも俺が精神科に行ってみろ。間違いなく、なんか病名つけられて即入院だ。俺はそれがよくわかってる。そうだよ、だから仲間ってわけさ、俺たちは（笑う）。なんだよ？（笑う）よく喋るだろ？　そう、よく喋るんだよ。喋るといってもあれだ。壁に向かって喋るんだ。俺はよくこうやって、壁と話をする。非番でたまに家に帰るとするだろ？　で、喋るわけよ、壁に向かってな。あれだぜ、きっと隣近所の連中は、未だに俺が女房と別れたなんて思ってねぇかもしれねぇ。もう三年にもなろうってのにだ（笑う）。

小学校のグラウンドでは体育の授業か……子どもたちの歓声。

赤井　……壁はいいぜ……。なにも言い返してこねぇからな……だから安心して喋れる……（力なく笑う）――!!

突然、弁当を払いのけ――、

赤井　（小窓から）うるせえってんだろ！　先公、ガキ黙らせろ!!（息が荒い……溢れる汗……）

小学生の歓声……。

赤井　……すまん……この頃はめっきり忍耐がなくなっちまった……。（やっと笑って襖に）心配するな、別にあんたに怒ってるわけじゃねぇんだ……。

散乱した弁当を片づけはじめる赤井。

赤井　（片づけながら）……女には慣れてる……女房でな。……恵子って言うんだ。赤井恵子……古臭い名前だ。しかし古臭いのは名前だけでな……。あんた医者に言われたんだろ？　病気だって？（笑う）冗談じゃない、女はみんな病気さ……。（本を取り上げ）心的外傷ストレスだって？……近頃は、なんでもかんでもストレスだ……。フン……バカにしてると思わねぇか？　この俺の胃だって、医者に言わせりゃストレスだ。で、言ってる当の医者、こいつがまた俺の三倍はあるかって腹をたっぷたっぷさせてよ、「肥満も一種のストレスでしてな」なんてぬかしやがる。漫画だよ、まるで……。（本を放りなげる）

目覚し時計が時を刻んでいる……力なく回る扇風機……。

赤井　随分と我慢強いんだなあんた。俺みたいな北の人間はたまったもんじゃねぇよ、この暑さは。山の手育ちか……。きっとあれだろう、おやつの時間とかあってな、ちょっとしたケーキとよ、もちろん紅茶だ。こう湯気なんか立っててな。俺はおめぇ、カリントウよ。カリントウに砂糖水だ（笑う）。大学教授の父親に、由緒正しき、お母様か。受験対策だかなんだか知らねぇが、こんな部屋まで作って貰ってよ……夢みてぇだよな、ホント……。――さぞかし皆さん、おひんがおよろしいんでございましょうねぇ、おほほほほ、ってか……

突然立ちあがり、襖に手をつき――、

赤井　ところがどうだ⁉　なにが起こった⁉　俺は本部をはずされた、そしておまえはレイプだ！　俺は負け犬、おまえはレイプ！　お仲間になっちまったんだよ俺たちは！　わかってんのか‼　なにが心的外傷ストレスだ！　冗談じぇねぇぞ、このアマ！　忘れたってなら思い出させてやるよ、テメェはレイプされたんだよ！　さんざん突っ込まれてよ、弄《もてあそ》ばれたんだよ、レイプされたんだよ、レイプ、わかってんのか‼

襖を破って中からナイフが飛び出る――。

赤井　――！

咄嗟に赤井はよけきるが、何度も何度も中からナイフが差し出される。襖は見る見るうちに、ナイフに刻まれ、ボロボロになっていく。やがて、中から聞こえてくる、陽子の叫び声――。

赤井、無理やり襖をこじ開ける。

陽子　――！

中から陽子が飛び出てくる。

逃げる陽子、それを追う赤井――。

赤井は騒ぎ立てる陽子からナイフを取り上げ、簡易ベッドに押さえつける。そして、尚も叫び声を上げる陽子の口に、ハンカチを入れ口を塞ぎ、後ろ手に手錠をかけ、陽子が手にしていたナイフを突きつける。

赤井　――言っとくが俺は、病院の医者みたいなまわりくどいことはしねぇ。思い出せないってなら、ここで再現させてもらったっていいんだ！

陽子　――、（動けない）

赤井　そんなことするわけないって？　どうかな。言ったろう、女房出てって、この頃すっかりご無沙汰でよ、知ってる味はテメェの右手だけよ！

赤井、陽子のサングラスを取り上げる。

赤井　――。

目覚し時計が時を刻んでいる……。

陽子　――、（震えている）

やがて赤井、黙って陽子の猿轡《さるぐつわ》をとって立ち上がり、キッチンへと行き、ハンカチをシンクへと投げ捨てると、水を出して顔を洗う。
やがて水を止めるが、赤井はそこから動かない……。
陽子は、テーブルの下にうずくまる。

陽子　（震えながら）――ごめんなさい……、
赤井　よせよ……なんであんたが謝るんだよ……

陽子　ごめんなさい……、
赤井　やめろ！　冗談じゃねぇぞ。笑い者《もん》はごめんだ！
陽子　——！（硬直）
赤井　……、（自分が手にしているナイフに気がつく……）
陽子　——（震えている）
赤井　すまん……（赤井近寄る——陽子、過剰反応）——大丈夫だ、なにもしねぇよ。申し訳ねえが、（ナイフを示し）こいつは没収させてもらうぜ。
陽子　（息が荒い）
赤井　冗談さ。ほんの冗談なんだ……謝る、すまなかった、この通りだ。
陽子　……、
赤井　安心してくれ、俺はなにもしねぇ、北の人間は信用しろ。
陽子　……、

滴る水が、シンクを叩く……

赤井　おい、（近寄る）
陽子　——（過剰反応）
赤井　（止まる）や、あれさ……、なんか話しろよ。病気だって、話くらいできるんだろ？

人で喋るのはちょっと疲れたんでな。今度はあんたの番だ。

陽子　……、

赤井　わかってる……。離れるさ。離れりゃいいんだろ？（距離を取る）ホラ、なんか話、しろよ。

遠く工事音……押入れの中は、底の見えない漆黒の闇が広がっているようだ……。それに対比するかのように、半分ほど開いたナイフで所々ズタズタに裂かれた襖が、小窓からの赤い太陽光に淡く浮かんでいる……。

陽子　……亀、

赤井　ん？　なに？　なんか言ったか？

陽子　亀……、

赤井　カメ？

陽子　私が飼ってた亀……、

赤井　（水槽に気づき）あぁ、そん中に……いるのか？　亀が？

陽子　押入れ……、

赤井　？　……（押入れを見る）

陽子　……死んでる。

赤井　……（陽子を見つめる）

陽子　……冬眠させたんだけど、でも、なんだか忘れちゃってたみたいで……さっきフッと思い出して、見てみたら土の中でカラカラに干からびてて……、

赤井　あぁ、……そりゃあ干からびるわな……、

陽子　……焼いてあげないと……

赤井　焼くって……、おいここでか？　亀を？

陽子　焼かないと、ただのゴミのままだから……

赤井　……ゴミ？

トイレの方より、突然の物音。

陽子　――！

陽子は、テーブル下から出て部屋の片隅へ――赤井がトイレの扉を開ける。
トイレの小窓より男が顔を出している。

藤堂　よかった、いないかと思ったよ。

赤井　びっくりすんなぁ、

藤堂、トイレの小窓より侵入してくる。

赤井　（陽子に）大丈夫だ、安心しな。別に怪しい者《もん》じゃねぇ、俺の友達だ、友達、（藤堂に）なんだよ、表に誰か張ってたのか？

藤堂　二人程ね。ちなみに両方とも本庁だ。それも四課。

赤井　四課？（外を見やる）

藤堂　顔みたことある。大丈夫だって、裏回ってきたから。

赤井　なんで四課が出てくる？

藤堂　さぁね。

赤井　他には？

藤堂　記者の姿は見えなかったな。俺が一番乗りさ。多分みんな例のガキんとこに詰めてんだろう。（袋を出し）あ、これ差し入れ。（赤井の顔を見て）どうしたの、その傷？

赤井　なんでもねぇよ、

藤堂　（靴など脱ぎながら笑い）また派手にやられちゃって、

赤井　（時計を見て）早かったな。

藤堂　そりゃあ望月陽子の話が聞けるとなったら、誰だって飛んで来るって、（陽子に）こんにちわぁ、

陽子　――（あとずさる）
赤井　おい、無闇に近づくな！
藤堂　（手錠を確認する）まぁまぁ、ＳＭだ、ＳＭ。
赤井　っせぇなぁ、ちょっと一騒動あったんだよ、（陽子の手錠を解こうと）
藤堂　一騒動ねぇ、
陽子　――、（赤井から距離をとる）
赤井　手錠の鍵を取るだけだ、それとも一生してんのかそれ？
陽子　……、

赤井、陽子の手錠を外す。藤堂はビデオをセッティングし、取材の用意を始めている。

赤井　（陽子に中央のテーブルを示し）座んなよ。
陽子　……。（動かない）
赤井　大丈夫だって、取って食いやしねぇよ。
藤堂　トウドウって言います。取って食うかもしれません。
赤井　コラ！　こいつ、フリーライターなんだ。
藤堂　こいつとは大学で同級でね、困ったときにはいつもお助け、
赤井　余計なこと言うな、

藤堂　（笑う）やっぱバレたんだろ、俺の記事、
赤井　いいから始めんなら始めろよ、あんまり時間とれねぇんだからな。
藤堂　（ノート、録音機等を出しながら）でも噂には聞いてたけどホント現場にそっくりじゃないこれ。（陽子に）好きなんだ、こういうレトロなのが。
赤井　（藤堂に）無闇に近づくなっての！
藤堂　この頃ずっと円山町通いでさ、どうも女の匂いを嗅ぐとうずいちゃってね。（陽子に）知ってます？　ラブホテル街。なわけないか。（笑う）
赤井　どうせまたエロ雑誌の潜入ルポかなんかだろ、
藤堂　痛い、痛いなぁ、あんまり痛くて小便出るわ。

藤堂はトイレへ。

赤井　（陽子に）すぐに終わる。あれでも育ちは悪い方じゃない。（ジョジョジョと小便の音、見ると扉が開いている）おい閉めろよ！
藤堂　（小便しながら）暑くて死んじゃうよ、閉めたら、
赤井　（扉を閉める。中で藤堂が騒いでいる。陽子に）これでも一応、京都の貴族の出でな、
藤堂　（出てくる）ちょっとぉ、ひっかかっちゃったよ、
赤井　洗ゃあいいだろ、（キッチンへ引っ張り）

藤堂　痛《タイ》いなぁ、（キッチンへ行きながら）

赤井　（差し入れ袋を開け）なんだよこれ⁉　この糞暑いのに鳥食えってか？

藤堂　好きなんだなぁ俺、ケンタッキー、

赤井　（ビールを開けながら）狂ってんな、おまえ、

藤堂　大丈夫？

赤井　穴が開くときは開くんだ、じたばたはしねぇよ、（飲む）

藤堂　おまえじゃないよ。（陽子に、手首の包帯を示し）痛かったでしょ。

赤井　離れろ。

藤堂　（陽子を見て笑う）明るくいこうね、明るく。暗いのは身体によくない。――ちょっと暗いね、

藤堂は机の上のスタンドをＯＮにする。スタンドの明かりが陽子を射る。

陽子　――！（眩しい）

赤井　おい、

藤堂　ビデオ、ビデオ、

赤井　ビデオ？

藤堂　大丈夫、大丈夫、（陽子からちょっとスタンドを外し）これなら大丈夫でしょ？　ちょっ

とだけ我慢してね。君もあんまり暗いところにいると、目悪くするよ、俺みたいに（笑う）。若いんだから、もっとこうさ、外に出て、太陽の光を浴びなくちゃあ。光合成、光合成。（笑う）

赤井　おい、

藤堂　あ、一応名刺渡しておくわ。（出す）ね、藤堂、一応名家よ名家。そういえば君の母方もすごいよね。室町時代でしょ？　すごいねぇ、室町だもんねぇ、（笑う）というわけで、名家同士でよろしく。（カメラを取り出し始める）あ、会社名入ってないのはね、俺フリーなの。性格的にフリーが好きなんだね。（赤井を示し）こいつみたいにね、組織の中でどうこうって、駄目なのよ、先天的に。フリーだからねぇ。写真も自分で撮るんだよねぇ。

カメラのフラッシュがたかれる。

陽子　――！（眩しくて顔を手で隠す）

藤堂　あ、大丈夫よ、ちゃんとホラ、こういうの（目隠し）するから。

陽子　……（顔を手で隠している）

藤堂　ごめん、ごめん、もう撮らないから、手、取ってよ。ちゃんと顔、見たいし。

陽子　……。

赤井　大丈夫だ。本当に、取って食ったりしねぇから。

陽子、ゆっくりと手を下ろす。

藤堂　大丈夫、大丈夫、きれい、きれい。いい顔してるよ。いい顔って言えばさ、俺さ、よく外国行くわけ。外国たってヨーロッパやアメリカとかじゃないよ。東南アジア、いいよ、向こうの人間の顔は。病気みたいな顔してる奴だれもいないもん。旅をするとわかるよ、世界中で日本人だけ、病気みたいな顔してんの。っていうより病気だね、ほとんど。あんただけじゃない、（赤井を示し）こいつだってそう、俺だってそう。（笑う）毎日毎日、おんなじ仕事ばっかしてさ、時間を垂れ流してんだよね、まともな顔になんてなれるわけないよねぇ。

陽子　……。

藤堂　俺よく喋るでしょ。喋るのよ俺、喋ってないと駄目な性質《たち》。子どもん時からそうだったよ。よくおふくろに怒られたっけなぁ、男がペラペラ喋るんじゃない！

陽子　あの、

藤堂　――ちょっと待った、

陽子　――、（びっくりする）

藤堂　（笑う）ちょっと待ってねぇ、（録音機のスイッチをONさせる）はじめて聞いたよ、君の

陽子　声。病院じゃあ警察のガード固かったもんねぇ、芸能人並。（笑う）
藤堂　……、
陽子　いいよ、なんだっけ？
藤堂　……え、
陽子　今、言ったでしょ、なんか。
藤堂　……、
陽子　ん？
藤堂　……はい、
　　　ＯＫ！（切る）ちょっと待ってねェ。

藤堂、しきりに汗を拭きながら録音機をチェックする。「今、言ったでしょ、なんか――……、――ん？　――はい、――ＯＫ！」

藤堂　ＯＫ！（陽子に）バッチリ。（ＯＮさせ、陽子と自分の間に置き、ビデオのスイッチを入れる）さてと、（取材用具を前に置いて、彼女から距離を取り床に座り込む）や、今回の事件はさ、なんていうか「女の敵」っていうの？（ノートを開きながら）そういう、一人暮らしの女の人、要するに弱者ね、そうした弱者を狙った事件だけに、それだけ世間の注目度も高いわけ。でさ、君は事件の記憶をなくしちゃってるそうなんだけど、じゃどこまでな

陽子　ら思い出せる？
藤堂　……、
陽子　犯人に殴られたのは覚えてるかな？
藤堂　（……うなずく）
陽子　どこ、
藤堂　……顔とか……、
赤井　あぁ、顔ねぇ。（赤井の顔を見て笑う）
藤堂　（藤堂の手を取り）帰るか？　な、帰るか？
陽子　嘘、嘘、冗談。で、その顔なんだけど、今でもやっぱり思い出せない？　犯人の。
藤堂　――、
陽子　じゃさ、（週刊誌を示し）これ読んだ？　一応、今、容疑者じゃないかって騒がれてんのが、十七歳の少年なんだけど、どうかな？
藤堂　……、
陽子　思い出せない？
藤堂　はい。
陽子　（懐より、「ジタン」を取り出す）とにかく、気がついたら、犯人が消えてて、部屋の中がメチャクチャに荒らされてて、お父さんが亡くなってたと、こういうわけだ。（「ジタン」に火をつける）

赤井　禁煙だ、禁煙。
藤堂　なに。
赤井　禁煙。

赤井、藤堂より煙草を取り上げ、投棄。

藤堂　ちなみに、お父さんだけど、その日たずねてくる予定でもあったの？
陽子　……どうして？
藤堂　だって、用があったからたずねてきたわけでしょう？
陽子　知らないわ。
藤堂　夜だよね。なんの用があったんだろう。
陽子　……。
藤堂　お父さんの死因、聞いてる？
陽子　（首を振る）
藤堂　犯人は、君が集めていた、部屋の片隅の空のビール瓶、それで何度も何度も頭を殴ってる。で、多分お父さんは昏倒したんだろうね、そこを、
陽子　ね、ちょっとやめてくれませんか、
藤堂　（かまわず）散乱していた君の服で顔面を覆って、

陽子　やめてください、
藤堂　（かまわず）――息を止めた。よって死因は窒息死だ。
赤井　藤堂！
藤堂　や、俺はさ、悪気があって言ってんじゃないよ。犯人見つけたいからさ。君だってそうだろ？　君を犯し、そして君のお父さんを殺した犯人、見つかってほしいだろ？
陽子　……ごめんなさい、
藤堂　あの部屋でも、押入れに寝てたの？
陽子　（藤堂に顔を向ける）
藤堂　や、押入れ。
陽子　変ですか……？
藤堂　や、君がどうこうじゃなくてさ、びっくりしただろうなって思って、犯人。だってまさか、押入れに寝てるとは思わないもん、普通。
陽子　……、
藤堂　ああした部屋に住んでたのも、押入れがあったから？
陽子　……、
藤堂　や、だってさ、君、結構給料よかったじゃない。なにもあんな、今時共同トイレのアパートになんて住まなくてもいいじゃない。
陽子　なんの関係があるんです、それが。

力なく回る扇風機……

藤堂　君、怒ると益々美人だな。

陽子　聞いてるんです、なんの関係があるんです。

藤堂　犯人は、君の部屋に忍び込んで、少なくとも三つのことをしている。一、君を犯した。二、鏡台の中に君が隠してあった現金二百万円を盗んだ。三、君のお父さんを殺した。君の考えでいいんだけど、犯人の一番の目的はなんだったと思う？　強姦目的か、強盗目的か、殺人目的か？

陽子　そんなのわかりません。

藤堂　じゃあさ、僕が君を犯したいと考える。さて問題だ。僕は、君が押入れで眠るというある特殊な性癖ね、これをどうやって知ったのか。

陽子　……。

藤堂　さっきも言ったけど、普通、押入れに寝てるなんて思わないでしょう？　現に君は、いつも襖を閉めきって眠っていたんだし。

陽子　……。

藤堂　二つ目。僕はお金が欲しかった。さて問題だ。僕は、君が二百万もの大金をあの部屋に置いていることを、どうやって知ったのか。

陽子　……、

藤堂　これもさっきも言ったけど、君が住んでたアパートってさ、お世辞にもあれでしょ、いいとはいえないでしょ？　普通「流し」であういうところには入らないよ。

陽子　――、

立ち上がる陽子……。

藤堂　どうしたの？

陽子　知り合いだったたってことですか、犯人が。

藤堂　さすがぁ、やっぱ頭いい。

陽子　そんなことあるわけないわ。

藤堂　どうしてそう言いきれるの？

陽子　知った顔ならおぼえてるもの。

藤堂　ってことはおぼえてるんだ。犯人の顔。

陽子　え？

藤堂　だってそういうことにならない？　少なくとも君は、犯人が自分の知らない顔だったということは覚えている。つまり君は犯人の顔をハッキリ記憶している。

陽子　――、

藤堂　いいよ、いいよ。落ちついて。忘れられた記憶ってやつは、ちょっとしたことがキッカケで思い出すことがあるからね。

先ほどから、時折外の鉄風鈴が鳴っているのが聞こえている……。

藤堂　じゃあさ、君、「レカ」って人、知らないかな？
陽子　レカ？
藤堂　そう。
陽子　誰ですそれ、外人ですか？
藤堂　聞いたことないかな？「レカ」って。
陽子　知りません、そんな人。
藤堂　まぁ、確かに君は、仕事場でもほとんど人とは付き合わなかった。社内で知り合いと呼べるような人間はいない。
陽子　（赤井に）すいません、もう時間じゃないんですか？
藤堂　もうちょっと、もうちょっとだけ、
陽子　なにを聞かれても同じです。私はなにもおぼえてないんですから、
藤堂　犯人はどうして君を殺さなかったんだ？
赤井　藤堂、（藤堂を止めにかかる）

藤堂　犯人は、君のお父さんの頭を殴りつけ、殺した。相当気持ちの上じゃノーマルじゃない。頭も混乱してる。
赤井　もう止めろ！
藤堂　フッと横を見たら君がいる。目の前には死体、横を見たら君だ。僕が犯人だったら君を殺す。だって少なくとも顔見られてるわけだからね。
陽子　そうよ、私が死ねばよかったんだわ！
赤井　そんなことは誰も言ってない、

陽子は机上へと走り、鉛筆削り用の小刀を手に取ると、手首に当てようと――、

赤井　――！（押さえにかかる）
陽子　――離して、死ぬの！　私死ぬんだから！

陽子は興奮状態――その場にくずれおち、過喚気症候群《かかんきしょうこうぐん》状態へ――。

赤井　……藤堂！
藤堂　なんか袋、袋！
赤井　袋!?

藤堂　（栄養ドリンクの入っていた薬局の紙袋を示し）それでいいから！　早く！

赤井、紙袋を藤堂に渡す。藤堂はそれを陽子の口へ――。
徐々に落ちつきを取り戻していく陽子……。

藤堂　とにかくどっかへ寝かせよう。（陽子を抱きかかえる）
赤井　（藤堂を引きはなし）おまえは足を持て！
藤堂　なんで俺足？
赤井　足持て、足！

二人、陽子をかかえて、簡易ベッドへねかせる。

陽子　（しきりに起き上がろうとする）
藤堂　なに？
赤井　（藤堂を引きはなし）押入れか？　押入れだな？

急いで襖を開けて、布団を敷く場所を確保するため、陽子のトランク、空のビール瓶の入ったビニール袋等を押入れから次々に引き出す二人。奥の方のから土の入ったポリバケツのようなものも引き出そうとするが、一瞬中のものが目に入った赤井は、思わずそれを手から滑らせてしまう。土とポリバケツに交じり、なにやらゴトンと鈍い音をさせて落ちてくる物体——。

藤堂　なんだこれ!?
赤井　亀だ、亀!
藤堂　亀!?
赤井　(布団を敷きながら) 冬眠だ、冬眠、
藤堂　冬眠!?
赤井　干からびたんだとよ!

赤井は、袋を持ったままの陽子を抱きかかえ、押入れの上段へと寝かせる。

赤井　大丈夫か?　おい?
陽子　(息は荒いが、落ちつきは取り戻している。赤井の問いかけになんとかうなずきながら……) ……ごめんなさい……
赤井　ごめんなさいはいいから、とにかく寝ろ、休め、いいな?(襖を押さえ) 息苦しくなったらすぐ言え。いいな。

陽子　ごめんなさい、
赤井　じゃなくて、「開けて」だ。そしたら開けてやるから。言うんだぞ「開けて」って、息苦しくなったらだ。
陽子　（うなずく）
赤井　本当に言えよ、息苦しくなったら。

赤井、襖を閉める。見ると藤堂はミイラ亀を撮影している。

赤井　なにやってんだよテメェは!?　早くそれどうにかしろよ、
藤堂　なんだよ、
赤井　俺が爬虫類駄目なの知ってんだろう、
藤堂　死体見なれてる奴がなに言ってんだよ。
赤井　人間はいいんだよ、でも爬虫類は許せねぇんだ、

藤堂、ミイラの亀を取り上げ、キッチンのシンクへ、

赤井　馬鹿、そんなとこおいたらテメェ、水吸って、戻っちまうだろうがよ！
藤堂　カップヌードルじゃねぇんだからよ、

赤井　いいから、俺の目の入らんとこに置きゃあいいんだよ、
藤堂　（小窓を開けて、外へ捨てようと）
赤井　駄目だ捨てちゃあ！
藤堂　あ？
赤井　後で燃やすんだから、
藤堂　なんで？
赤井　いいから、燃やすんだから、駄目だ捨てちゃあ、
藤堂　なんだか、ゼンゼンわかんねぇな。じゃここに置いとくぞ。

藤堂は机の引き出しを開けて、その中にミイラ亀を入れる。
赤井は、藤堂をトイレへと連れていく。

藤堂　な、なんだよ、
赤井　おい、さっきの「レカ」ってなんだ？
藤堂　なに、
赤井　とぼけんなテメェ！
藤堂　ちょっと、落ちつけって。煙草一本くれよ。
赤井　（テーブル上の「ジタン」を示し）あそこにあんだろ、テメェのは、

藤堂　「ジタン」なんて不味くて吸えるかよ、
赤井　（藤堂を見つめている）

赤井のポケットから「ショートピース」の箱を取り上げ、吸い始める藤堂。

藤堂　おまえ、どう思った。
赤井　（藤堂を見つめている）なにが。
藤堂　望月陽子さ。
赤井　（藤堂を見つめている）
藤堂　顔見てたんだろ、おまえ。
赤井　（藤堂を見つめている）
藤堂　や、俺の顔じゃないって。
赤井　おまえ、望月陽子の周辺洗って、なに引き出そうとしてるんだ？
藤堂　勘弁しろよ、それこそ俺の首が飛ぶ。
赤井　藤堂、
藤堂　じゃあ聞くがな、おまえはなんであのガキを犯人だと思った。
赤井　……、
藤堂　勘か？

赤井　おまえだってそう睨んだから、記事を書いたんだろ。

藤堂　俺たちは面白けりゃあそれでいいんだ。だがおまえたちはそうはいかん。もしも犯人《ホシ》があのガキじゃなかったら、確実に誰かが責任を取らされるのが組織だ。じゃ誰が責任を取る？　当然ガキに固執していたおまえだ。

赤井　汚ねぇぞ、テメェ、

藤堂　汚いよ、そんなの今にはじまったことじゃないだろ。

赤井　少なくとも本部もガキは狙ってる。ところがそのガキの父親が法務省の個室陣取ってるキャリアだった。上は及び腰になる。だから俺を外した。

藤堂　おめでたいよなぁ、ホント、

赤井　なんだと？

藤堂　それでネタを売ったわけだろ？　俺に。

赤井　そうさ。世間が騒げば、警察だって動かざるを得ない。

藤堂　本部が本気であのガキをクロだと睨んでいたら、あんたの行動、黙認すると思うか？じゃなぜ黙認した？　簡単だ。リークさせても捜査に支障がないから黙認した。もっと言えば、わざとリークさせといて、あんたを追いこもうっていう腹黒い身内が、どっかにいるってわけさ。

赤井　……。

藤堂　あのガキは、せいぜい猫止まりか、いってストーカーが関の山だ。殺しをするほどの根性なんてねぇよ。

力なく回る扇風機……。

赤井　おまえ……それ知ってて、書いたのか……、

藤堂　俺だって、払わなくちゃいけねぇしな、慰謝料。フリーは稼げるときに稼いでおかないと潰しがきかん。

赤井、トイレから出て来て、机に座りこむ。
藤堂、ポケットから札束が入っているであろう封筒を取り出し、赤井の元へ

藤堂　とりあえず二十万入ってっから。十万は、この席を設けてくれたお礼だ。

赤井　……。（受けとらない）

藤堂　ルールはルールだ。

赤井　……。（受けとらない）

藤堂、無理やり封筒を赤井の懐へと入れる。

赤井　……。（動かず）

藤堂　誰か偉い人が言ってたんだけどな、人間には忘れるっていう偉い才能があるんだと。俺だって生まれてからのこと全部覚えてたら、望月陽子じゃないけど、生きていけねぇよ。

赤井　なんの話だ。

藤堂　とぼけるなよ。

赤井　忘れたさ。

藤堂　忘れちゃいねぇだろ？　だからおまえの勘も狂う。腹黒い身内にまんまとハメられる。恵子も、股、開くことになっちまう。

藤堂、懐より一枚の写真を取りだし、机上に置く。

藤堂　誰かわかるよな。

赤井　……、

藤堂　俺な、これシャッター押してる時、ホント、おまえ殺したくなったよ。

赤井　……。

藤堂　今度暇があったら言ってやれ、フリーの立ちんぼは危ないってな。

赤井、写真を破く……。

藤堂　……。
赤井　本部はなにを追ってる……。
藤堂　……。
赤井　言えよ、今、本部はなにを追ってるんだ。
藤堂　死ねよ、おまえ。

藤堂、ノート、録音機等をしまい込み始める。

赤井　そんなこと言わねぇでよ、教えてくれよ、友達だろ？
藤堂　放せよ、
赤井　四課がらみか？　え？　そうだな？　お嬢様とヤクザってわけだ？
藤堂　おまえはだんだん最低になってる。だんだん俺みたいになってる。一旦ほころびたらもうお終いかよ。そんなもんかよ。だったらあんとき、恵子、テメェに渡すんじゃなかったよ！
赤井　――！（藤堂の胸倉取る）ウタえ、ウタえよ、このゴキブリが！

藤堂、赤井を突き飛ばす。赤井、うなだれたまま……。

力なく回る扇風機……。

藤堂　この部屋をよく見てみろよ。受験に備えてとはいえ、こうも完全に母屋から独立させるってのは変だと思わねぇか⁉

赤井　……、

藤堂　これでなにも臭わねぇってんなら、おまえ、本当に辞めろよ、警察官。

突然「ガタン」と、襖から物音……。
揺れる鉄風鈴……。

赤井　おい……、なにやってんだ？

返事なし……

赤井　！（襖を開ける）

ナイフで手首を切った、陽子の片手がブラリ――。

赤井　……（ナイフを手に取る）何本持ってやがんだよ、畜生……、

都会の蟬吟……激しく……。

藤堂　（携帯をかけようと）
赤井　駄目だ！
藤堂　なに言ってんだよ、病院だろうが！
赤井　外で張ってんだろ？　四課の連中が！
藤堂　だからなんだよ？
赤井　いいか、俺はこの女を四六時中見張ってるように言われてんだ。これは「特命」だ。で、（横臥する陽子を示し）こんなことがバレてみろ？（自分と藤堂を示し）こんなことがバレてみろ？　俺の首はどうなる？
藤堂　そんなこと言ってる場合かよ！
赤井　フリーのプラプラ野郎に、組織のしがらみはわかんねぇんだよ。
藤堂　バッカじゃねぇのか！

赤井、陽子を抱き上げ押入れから引き出す。陽子が寝ていた、敷布団も一緒に転がり出てくる。それは血に染まっている。

陽子を簡易ベッドに寝かせ、赤井は部屋のカーテンを引きぬき、歯で裂くと、それを包帯状にして、陽子の手首へと巻き始める。

藤堂 狂ってる。おまえ、本当に狂ってる。

赤井 ボサッと突っ立ってねぇで、テメェも裂け！

藤堂 おまえは狂ってる、そして俺も狂ってる、一億総キチガイだ！（一緒にカーテンを裂き始める）

赤井 （陽子に）死ぬな、死ぬなよ〜、死んだらブッ殺すからなテメェ、

蟬吟、工事音、激しく……。

小窓等より射し込んでいる、赤き太陽光——。

2

夕方になって、少しは風が吹いてきたようだ。時折鉄風鈴が揺れ、乾いた音色をたてている……。

カーテンが引き千切られ、剝き出しになった窓辺……

ナイフで裂かれた襖は開け放たれたまま……室内の散乱も激しい……陽子の姿は見えない。

蚊取り線香の煙が揺れている……

栗栖　なにか理由がある筈だ。
赤井　別にないさ。
栗栖　理由もないのに女が手首を切るか。
赤井　本気で死にたがってる訳じゃねえ。気分を味わいたいだけだ。
栗栖　いつからテメェは精神科の医者になった。
赤井　別れた女房がそうだった。
栗栖　望月陽子は、おまえの女房じゃない。

赤井　しかし、女は女だ。女は自分の命を人質に取りたがる。

鉄風鈴が揺れている……。

栗栖　ま、俺に直《ちょく》に連絡してきたのだけは誉めてやる。
赤井　テメェと違って、北の人間は約束を守るんだよ。
栗栖　道産子は融通がきかねぇからな。
赤井　融通がきかねぇのは頭だけじゃねぇがな。あっちこもこっちもだ。（笑う）
栗栖　（赤井の冗談には笑わない）
赤井　……、（笑いをやめる。藤堂のビデオが置きっぱなしだ……）
栗栖　（食い入るように赤井を見たまま）とにかく状況を説明しろ。
赤井　女は押入れでずっと寝てた。俺はここに座ってた。もちろん一人だ。しばらくしたら押入れの中で物音がした。俺は開けた。女が手首切ってた。以上、報告終わりだ。
栗栖　（破れた襖を示し）じゃあこの様はなんだ。
赤井　狂ったみてぇに暴れやがったのさ。なんせ相手はビョーキだからな。
栗栖　（じっと赤井を見たまま）
赤井　本当さ、俺は嘘は言わねぇ。
栗栖　モノは。

テーブルにナイフを置く赤井。

赤井　病院を出るときに、どっかの誰かさんがトランクん中確認してくれねぇもんだから、こうしたややこしいことも起きる。ま、俺の責任じゃあねぇな。
栗栖　容疑者でもねぇ人間の持ち物まで、調べることはできねぇさ。
赤井　随分と優等生なことで。
栗栖　俺はプロセスを大事にする男なんだ。
赤井　（鼻で笑う）カッコ悪ぅ、
栗栖　やったのもこいつか？
赤井　生憎だが別のナイフでな。

赤井、テーブルの上へ一本の刀身の錆び付いたナイフを置く。

赤井　刀身が錆び付いている。もちろん近頃手に入れたものじゃない。
栗栖　……どこにあった。
赤井　天井裏さ。
栗栖　……天井裏？

赤井　英単語表の画鋲が、不自然に何度も入れかえられている。ここ調べた連中は、余程目に節穴があいてたんだろうな。

栗栖　……、

赤井　他にも二本、天井裏から。

同じく刀身の錆び付いたナイフ二本をテーブルへ置く。

栗栖　……。（赤井を睨みつけている）

赤井　栗栖よぉ、おまえらちゃんと確認したのかよ。女、入れる前に。この部屋。

栗栖　……、（赤井を睨みつけている）

赤井　おまえ等のミスだ。

栗栖、押入れの上段へ上がると、上を見上げる。
そこには英単語表……栗栖、画鋲を取り、天井板を押してみる。なるほど、板は簡単に持ちあがり、天井裏へと入れるようになっている。
その隙に、赤井は藤堂が備えつけたビデオをゴミ箱の中へと隠す。

栗栖　（押入れで携帯電話に）――谷村か、栗栖だ。これからすぐに現場に行って、押入れの天

赤井　井板調べろ――いいからそんなのは後回しだ――バカ、始末書もんだぞ貴様。一応鑑識も連れていけ、二人もいればいい、なんか出てきたらすぐに俺の携帯に連絡しろ――
（押入れに入り、栗栖の携帯電話を取り上げ）おい、コラ、テメェ谷村！　宮下公園の借りは絶対かえしてやるからな！　おぼえてろ、このヘンタイ野郎！

栗栖　（携帯電話をうばい取り降りて来る）

赤井　テメェ等、一体なに追ってるんだ。

栗栖　おめェには関係ねぇ。外野は黙ってろ。

赤井　いいか、俺が望月陽子を監視するのは、課長の「特命」だ。「特命」遂行のためには、俺だってそれなりの情報を知っておく権利はある。じゃねぇと、とてもじゃねぇが服務全うの自信はねぇな。

栗栖　無理なことをやらされるのは慣れっこだろう？

赤井　それで責任取らされたんじゃ、泣くにも泣けねぇよ。

栗栖　まだ、流す涙があったのかよ、おまえにも。

赤井　――ふざけんな！　本部はいつから捜査方針が変わった。

栗栖　変わっちゃいねぇさ。

赤井　じゃあなんで望月陽子を洗ってる。なぜ四課が動いている。え？　外にいるあの連中はなんだ！

栗栖　……ちょっと目を離した隙に、ずいぶんとおりこうさんになったじゃねぇか。

赤井　犯人《ホシ》は「レカ」って野郎——そうだな。そしてその「レカ」って野郎はマル暴関係で望月陽子とも面識があった。この事件《ヤマ》に四課が乗り出してきたのはそれが理由だ——だな⁉

小窓から顔を出している山崎。

赤井　俺にだって、脳味噌はある。もちろん、あんまり上等とは言えねぇがな。
栗栖　（山崎に）傷の具合は。
山崎　手首で死にやしませんよ。
赤井　——答えろ！
栗栖　バカでけぇ声出すな！（赤井の胸倉を摑み上げ）——いいか、女の前で勝手なこと言うな。言ったらブッ殺す。
山崎　当たり入れてみましょうか？
栗栖　あ？
山崎　そのマル暴が見当たりません。
栗栖　……なに？
山崎　出ていくときは確かにいたんですがね。
栗栖　……信用できる奴いるか。
山崎　口は知りませんが、耳の早い奴なら何人か。

山崎は携帯を取りだし、連絡――、

山崎　（携帯に）――山崎だ。宮島いるか？　――出せ。――山崎だ――本庁の四課の動き、探れ。どんな方法つかってもかまわん――説明は後だ。わかったらすぐに俺に電話入れろ。

栗栖　貸せ、（山崎から携帯電話を取り上げる）栗栖だ。いいか、マル暴なんかに先こされてみろ、テメェは一生、陽の目をおがめないと思え、いいな。（山崎に返す）

山崎　（携帯電話の宮島に）だそうだ。以上。（携帯を切る）

栗栖、雨戸を閉めきり、室内を遮光させる。

栗栖　――（山崎に、女を入れろと指示）

扉が開いて、山崎がサングラスをかけた望月陽子を連れて入ってくる。
手首には真新しい包帯……。
栗栖は外を確認して、扉を閉める。

栗栖　（椅子を陽子に示し）座ってください。
陽子　……。
栗栖　いいから座って。（陽子を座らせる）
陽子　……、
栗栖　さ。
陽子　（座る……ナイフが目に入る）

栗栖、山崎になにやら耳打ちをして、室内の蛍光灯をつける。
古くなっているのか、時折チカチカと点滅するのがうざったい……。

栗栖　（携帯電話を前に置き、陽子に対峙するように座り込む）
山崎　（陽子の顔が確認できる場所へと移動）
陽子　……な、なんですか？
栗栖　大変申し訳ないんですが、あなたの荷物を、確認させていただきたい。
陽子　――、
栗栖　この場で。もちろんあなたにも同席してもらいます。よろしいですね。
陽子　……、
栗栖　いいですね、望月さん。

陽子　どうしてですか？
栗栖　（机上のナイフを示し）見てください。こんなもんが至るところからボロボロ出てくるようじゃ、あの男（赤井）だって安心して眠れやしない。違いますか？
陽子　もう、持ってません。
栗栖　ですからそれを確認させていただきたいのです。
陽子　嫌《や》です。
栗栖　我々は、あなたの命を守らなければならない。分かりますね？
陽子　令状はあるんですか？
栗栖　令状ってあんたねぇ。（笑う）。
陽子　任意なら拒否してもいい筈です。
栗栖　言いましたよね？　我々は、あなたの命を守りたい。あなたの為ですよ、これは。おい、
（山崎に指示を出す）
陽子　駄目！（立ち上がり）
栗栖　――座りなさい！

外の鉄風鈴が風に揺れている……。

陽子　……（震えている）

栗栖　座って。

陽子　（座る）

　　山崎、陽子のトランクをテーブルの近くに持ってくる。

栗栖　ではご一緒に、一点ずつ確認させてください。（山崎に）はじめろ。

　　山崎、トランクを開け、ショルダーバッグを取り出す。

山崎　（陽子に提示するように）ショルダー。開けます。

陽子　……。

　　山崎、中を開け、次々と陽子の座るテーブル上へと置いていく。

山崎　……ティッシュ、（街頭などで配られているもの。数える）十個。……プルトップ？（それはビニール袋に入れられた沢山のプルトップ）。……王冠（それはビニール袋に入れられた沢山の王冠）。えー、……弁当の醬油入れ？（それはビニール袋に入れられた沢山の、弁当などについている醬油やソースなどを入れるための小型のプラスチック容器）。マニキュア……

栗栖　三点（赤い）。香水……二点。煙草、「ジタン」……五箱。ガスライター……三個、オイルライター……一個、財布。（置こうとする）

山崎　中もだ。（明らかにサイフを探しているのではない）……（財布を開ける）現金。（札束である。数える）七万……（小銭）三百五十円。キャッシュカード（数える）……五枚。富士銀行、住友銀行、東京三菱、三和、さくら。診察券……中田医院、大原クリニック。共に泌尿器科。テレホンカード（数える）……使用済み、八枚。コンビニのレシート（数える）五枚。内容。生姜焼弁当、おにぎりセット、のりシャケ弁当、生姜焼弁当、生姜焼弁当。ホテル「ロマンス」サービス券。この券を持参の方、十%サービス。（数える）八枚。コンドーム（数える）……十個。――ショルダー、以上。

鉄風鈴が揺れている……。

山崎　（取り出す）靴。

栗栖　形状。色。

山崎　パンプス、赤。（取り出す）パンプス、黒。……カツラ。

栗栖　形状。色。

山崎　カツラ、二点。共に、ショート、ゴールド。

鉄風鈴が揺れている……。

山崎　ワンピース、ハンガー付き、洋服数点。
栗栖　形状。色。
山崎　はい。

取り出した洋服、壁などにかけていく。

山崎　ツーピース、黒。ワンピース、赤。ワンピース、赤。ワンピース、赤。ワンピース、黒。ジャケット、赤。ワンピース、赤。

取り出された洋服、どれもかなり露出度の高い、いわゆる派手なデザインのものばかり

……

山崎　（袋を取り出す）下着です。
栗栖　（じっと陽子の顔を見つめたまま）出すんだ。
山崎　（袋から一点ずつ取り出す）パンティ……。（取り出す）パンティ。（取り出す）パンティ。

（取り出す）パンティ。（取り出す）パンティ。（取り出す）パンティ。（取り出す）ブラジャー。（取り出す）ブラジャー。（取り出す）ブラジャー。

取り出された下着類、どれも娼婦が身につけるようなものばかり。
点滅する蛍光灯。

山崎　以上。
栗栖　全部か。
山崎　はい。
栗栖　ご協力ありがとうございました。これで安心しました。ナイフはもう、ないようですね。
陽子　――。（震えている）
赤井　……。

室内は派手なワンピースに埋まり、テーブル上は下着類等に埋まっている……。

栗栖　申し訳ありませんが、サングラスは取っていただけませんか。
陽子　……
栗栖　サングラスを取りなさい。

陽子　（サングラスを取る）

山崎が机のスタンドを微調整し、陽子の顔の動きがハッキリ確認できるようにする。

栗栖　ご協力ついでに、写真を一枚見ていただきたい。

陽子　……。

栗栖　写真を一枚見ていただきたい。いいですね？

陽子　……はい。

栗栖、懐より一枚の写真を取り出し、陽子に提示するようにテーブルへ置く。

栗栖　見てください。

陽子　……。（見る）

栗栖　ちゃんと見てください。

陽子　見てます。

栗栖　この男を知ってますね。

陽子　知りません。

栗栖　よく見てください。

陽子　よく見てます。

揺れる鉄風鈴……。

栗栖　坂口宏二十二歳。渋谷の円山町界隈を縄張りにしている、暴力団の構成員の一人です。構成員といってもたいした奴じゃありません。ちょくちょく事務所に出入りして、なんとか名を挙げようと躍起になってる、まぁ言ってみれば街のチンピラです。坂口は現在行方をくらませていまして、我々も捜しているところなんです。
陽子　知りません、こんな人。
栗栖　本当ですか？
陽子　――失礼なこと言わないで！　私に、ヤクザの知り合いなんていません！

揺れる鉄風鈴……。

栗栖　望月さん、これだけのモノが出てきて、今更ヤクザの知り合いがいないだなんて、それはないでしょう？
陽子　なんですか、モノって。
栗栖　（パンティを一枚提示し）これだけのモノだよ。

陽子　……。

山崎　円山じゃ随分な有名人なんだろう、あんた。

栗栖　それも芸能人並にな。

陽子　――。

栗栖　あんたは、毎日決まった時間、決まった場所に立ってあの付近を徘徊する男を拾っていた。「ジタン」を吸って、「レカ」と名乗る金髪の女といえば、あの辺の人間なら、知らない者はまずいない。

揺れる鉄風鈴……。

栗栖　あんたは再三あそこをシマにしている暴力団から、警告を受けていた。しかし、あんたはそれを無視しつづけた。坂口は、そんなあんたを許せず、いつかヤキを入れてやると仲間内にいきまいてたそうです。

陽子　(立ち上がる)――なんなんですか一体！　これじゃあまるで私が犯人みたいじゃないですか！

栗栖　座りなさい、

陽子　(かまわず) みんなして寄ってたかって昼間の人も、あんたちも、まるで私が犯人みたいな言い方して！

山崎　ちょっと、あんた、昼間の人ってのはなんだ!?
陽子　フリーライターよ！（赤井を示し）この人が連れてきた、フリーライター！
栗栖　（赤井を摑み上げる）――なんてことしやがるんだテメェ！　あれだけヤキ食らっても足りねぇのか、貴様！
山崎　栗栖さん！

見ると、陽子はテーブルのナイフを取り上げ、それを左手の手首にあてている。

陽子　……出てって。ここは私の部屋よ。

鉄風鈴が揺れている……。

陽子　近寄らないで、近寄ったら死ぬわ！
栗栖　そんなんで死ねるかよ。
陽子　死ぬわ、絶対に死んでやるから！
栗栖　（陽子の手からナイフを取り上げる）――処女みてぇな声たててんじゃねぇよ！　この淫売が！

——瞬間、天井板が外れ、人間が落ちてくる。

藤堂　——！

藤堂だ。痛い身体をおしながら、カメラのシャッターを押す。
フラッシュの閃光が走る。
栗栖と山崎、藤堂を捕らえようと——、

藤堂　（栗栖と山崎に）——近づくな！（カメラを掲げ）下手な真似すると、写真週刊誌にあんたらの顔が載ることになるぞ！　そうすりゃああんたら、捜査本部からはずされちまうのはまず間違いない。それでもいいなら公務執行妨害でもなんでもいいからワッパかけてみやがれ！

栗栖　カメラ寄越しな。

藤堂　ちょっと待て。話せばわかる。俺はね、こいつ（赤井）に呼ばれて来ただけなんだから、

栗栖　——寄越すんだよ！

栗栖、藤堂へ。藤堂、一瞬早く入り口の扉を開けて、外へ逃げる——そのとき、山崎の携帯が鳴る——。

山崎　（携帯に）もしもし、山崎だ――（扉口で藤堂を追おうとしている栗栖に）宮島からです、坂口が見つかりました！（尚も携帯電話に）場所は？――（栗栖に報告しながら）蒲田のサウナ、四課が向かってるゥ？

栗栖　（山崎から携帯を取り上げ）――すぐに蒲田署に電話入れて、そこを張らせろ。絶対に四課、通すな！　つべこべ言って来たら、立ち入りは五係がやるからと言って付き返すんだ！――かまわん！　なにかあったら一番に俺を呼び出せ！（携帯を切って、山崎に放り投げ、上着を着始める）

山崎　（逃げた藤堂を）奴はどうします。

栗栖　ほっとけ、あんな、チンピラ。（陽子に）――坂口宏が見つかりましたよ。これであんたのお父さんを殺害した犯人もはっきりするでしょう。

陽子　……。（じっと天井を見上げたまま）

山崎　ここの見張りはどうします？　何人か回しますか？

栗栖　坂口の結果が出るまで本部待機。動くときは俺が動く。（赤井に）――藤堂の件だが、今なら依願退職で収められるよう上に働きかけてやる。だが死なせたり、取り逃がしたときは懲戒免職だ。地獄に行きたくなけりゃあ最後の花道くらい、キッパリと決めろ。いいな、暴れるようだったら手錠使ってもかまわん。わかってるとは思うが、これはただのボディガードじゃねぇ。重要参考人の身柄確保だ。いいな。

栗栖と山崎が飛び出て行く――扉が荒々しく閉められた。
去って行く栗栖と山崎。
揺れる鉄風鈴……力なく回る扇風機……そしてモビール……

赤井　……。
陽子　……。

娼婦の衣装、散乱する室内に取り残される、赤井と陽子の二人。
外は、すでに陽が暮れ、外界は暗闇になっている。
ポッカリと黒い穴が開いた、天井……。
モビールがゆっくりと旋回している……。
赤井、立ち上がり、点滅している蛍光灯を消す。
机上のスタンドだけが、杲々《こうこう》と二人を照らす……。

赤井　……腹減ったな……。なんか食わねぇか？
陽子　……。
赤井　おい。

陽子　……ごめんなさい……。
赤井　……やめろって、
陽子　ごめんなさい。
赤井　――おい、俺言わなかったか？　二度とあやまるなってよ！
陽子　ごめんなさい……！
赤井　なんでだ、なんであやまる⁉
陽子　……。
赤井　立つんだ。
陽子　……。
赤井　俺はなにも聞きたくないし、もうなにも知りたくもない。ただ、腹が減った。だから飯を食う。おまえも一緒だ。さ、立て。
陽子　……。

赤井、陽子を立たせて、テーブルへ。
しかし、そこには多数の下着類が山積みされている。

赤井　……。

赤井は、無造作にそれを手で払い落とす。

赤井　座れよ。

陽子、座る……。

赤井、ケンタッキー（藤堂が差し入れしたもの）を取り出してくる。袋の中に顔を突っ込み、臭いを嗅ぐ。テーブルに置いて、自分も座る。袋をあけて、ケンタッキーを取り出す。

赤井　（まずそうに食べながら）子どもの頃な、俺は嫌なことがあったら、とにかく食うことにしてた。食って、食って、食いまくる……。あの頃はそれでよかったのさ……。なにもかも忘れられた。（陽子に一つ提示）ほら、食えよ。

陽子　……、

赤井　鳥は嫌いか？

陽子　……。

赤井　（提示をやめ、ふたたび食しだす）

陽子　……もうお終い、

赤井　なにがだ？　なにがお終いだ？　え？　あんたの人生がか？　ふざけたこと言うな！

陽子　言っとくがな、食うことに困ったことのない人間にテメェの一生を云々言う資格はねぇぞ。第一なにがお終いだ？　あんたみたいな人生はな、世間にはゴロゴロしているんだ。

赤井　私、

陽子　（遮るように）言ったろう、俺はもう、なにも知りたくないんだってな！

赤井　――、（テーブルに突っ伏してしまう）

陽子　（ふたたび食いはじめる）……余計なことを考えるな。考えたってどうにもならねぇんだ……面倒なだけさ、考えたってな……。所詮人間の脳味噌の量なんて決まってるんだ。……そりゃああんたの脳味噌の方が、ちったぁましだろうがな、

赤井　私を殺して。

陽子　……、（食う）

赤井　殺して。

陽子　（食ってるチキンを投げ捨て）――！

赤井、ナイフを取り上げ、陽子を摑み上げると、彼女の咽喉元へナイフの切っ先を突き付ける。

陽子　……。

赤井　……。

揺れる鉄風鈴……。

赤井　（やがてナイフを投棄し）とにかくあれだ。なにをどうしたらいいのか言ってくれ。俺はなんでもする。あんた女王様だ、俺は下男だ。なんなりとご命令して下さって結構ってわけだ。言ってみろ、あんたは？

陽子　……、

赤井　さ、言え、おまえは女王様、そして俺は下男。

陽子　……、

赤井　おまえは女王様、そして俺は下男だ。言ってみろ、

陽子　……、

赤井　言うんだ、おまえは女王様、俺は下男。

陽子　おまえは女王、

赤井　俺じゃない、おまえだ、おまえが女王、

陽子　おまえは、

赤井　おまえだ、

陽子　おまえ、

赤井　おまえだって！

陽子　おまえ、

赤井　お・ま・え！

陽子　……私？

赤井　そうだ、おまえ、いや、私が女王様だ、

陽子　私が女王様、

赤井　そうだ、

陽子　あなたが下男、

赤井　ＯＫ、あんた頭いいんだろ？　なんだか白痴と話してる気分だぜ、まったく。

陽子　……。

赤井　さ、とにかく、なんなりと命令しろ。俺はなんでもする。言っとくが、殺してくれってのは駄目だ。そんなことをすりゃあ、俺の首が——、首はもう飛んでるな。とにかくそれ以外ならなんでもＯＫだ。さぁ命令しろ。

陽子　……、

赤井　なんだったら一曲歌うか？　いいぞ、おやすいごようだ。

赤井、床に投棄した陽子の荷物の中から、金髪のかつらを取り上げる。

赤井　借りるぞ。

陽子　……。

金髪のかつらを被り、赤井、「鉄腕アトム」を歌う。

赤井　……。（一曲歌い終わる）
陽子　……。（やがて小さく拍手）

陽子、ケンタッキーを食べはじめる。
赤井も同様に食べる。
机上の目覚し時計がゆっくりと時を刻んでいく……。

赤井　（食べながら）……「レカ」ってどういう意味だ？
陽子　（食べながら）……太陽……
赤井　へぇ、太陽ねぇ……英語……じゃねぇよな？
陽子　インドの言葉……
赤井　はぁ……、インド……

壁にかけられている、大河に沈む太陽のポスターを見つめる赤井。

赤井　一回な、その……、いくらぐらいなんだろうな？
陽子　（赤井を見る）
赤井　や、その……、ウリの代金って奴さ。
陽子　（食べる）
赤井　別にいいじゃねぇか。バレちまったのはしょうがない。人間、開き直りも大切だ、ん？「レカ」さんよ。
陽子　……、
赤井　つまり、なにを言いたいかって言うとだな、どうもだ、（懐から封筒を出し）この金の行く先。その……、あんたと同じウリやってるって話なんだな。でだ、そのあんたらってのは一体、どのくらいお稼ぎになってらっしゃるのかなって思ってさ、ちょっと興味があるってだけの話だ。たいした話じゃねぇ。だってホラ、食っていけるんだったら、バカ正直に慰謝料毎月送んの、あれだろ？
陽子　……。（食べるのをやめている）

揺れる鉄風鈴……。

赤井　なんか訳ありだったのか？

陽子　……。

赤井　言ったろう？　俺は黙ってるのが嫌なんだ。なんだったらあれだ、俺を壁だと思ってくれたってかまわない。壁ならなんだって話せるだろうからな。

陽子　……。

赤井　なんかあんだろ？　会社でセクハラされてたとか。あ、そうか、ストレスだ。（笑う）なんか現代人っぽいじゃねぇか、ストレスなんてよ。ストレスでウリか、こいつはいいや、（笑う）

陽子　恵子さんは、じゃあどうして、

赤井　おい、ちょっと待てよ、なんで俺の女房の名前知ってんだ？

陽子　あなた、言ったから、

赤井　いつ？

陽子　今朝。

赤井　……言ったか？

陽子　……、

赤井　……全然覚えてねぇな。

揺れる鉄風鈴……時を刻む目覚し時計……

赤井　……普通の女だったよ……ごく普通の……。子どもの運動会とかなると、ビデオ片手に声援送ってるような、ま、一言でいえば俗っぽいってのか？　そういう女だ……。しかし、あのビデオってはどうも駄目だな俺は。あんた好きか？　ビデオ？

陽子　……どして？

赤井　どしてってよ……、気味悪いよ俺は。や、その運動会だけどな、行ったら、親共みんなビデオ抱えてやがる。ありゃゾッとするぞ。園庭を、ガキ共がギャーギャー言って走り回ってんだろ？　それをな、何十台ものカメラが見ているんだ。人間の目じゃねぇぞ。カメラだ。カメラの目がガキ共を追ってる。異常だね……。驚いたことに、横見たら恵子ものぞいてやがるんだ。ふざけんなと思ったね、俺は……。

陽子　止めさせればよかったのに……。

赤井　……。

陽子　……嫌なら……、

赤井　取り上げる権利は俺にはねぇよ。それしか楽しみがねぇ女だったんだから。

陽子　……やさしいのね。

赤井　あんた、子ども堕ろした経験ってあるか？

陽子　……、

赤井　恵子は二度程やってる。まだお互い学生だった頃さ。俺たちの人生が狂っちまったのは、あそこで別れなかったたってことだ。なぜか。中途半端な責任感は、ねぇ方がマシだ。わかるか？　俺の言いたいことが？

陽子　じゃあ子どもは今、

赤井　——おい、ちょっと待て、なんでこうなる？　俺が聞きたいのはあんたの話だ。まったくもう、油断をするとすぐこれだよ。俺の喋りなんて誰も聞きたかねぇよ、誰もだ。

陽子　そんなことないわ。

赤井　あるさ。俺の話なんてのはくだらん話だ。だから俺は壁としか話をしねぇ。生きてる人間なんて、冗談じゃねぇ。

陽子　壁だと思って話してくれればいいんだわ。

赤井　あんたは壁じゃない。

陽子　だって朝は話してくれたじゃない。

旋回しているモビール……

赤井　……燃えちまったのさ……目の前でな……見事に目の前でメラメラ燃えちまったんだ。

陽子　……なにが？

赤井　だからうちのガキがだよ。（煙草を吸い始める）

陽子　……、

赤井　高速道路、寝不足の頭抱えて突っ走っててな、後ろからオカマ掘られちまって……そのままさ。気がついたときは車ん中、火達磨でな。（笑う）ガキってのは小さい分、本当燃えんのが早い……。……恵子は呆然として路肩に座り込んでた。俺は立ち尽くしてた……。熱かったな……息が詰まりそうだった……。

紫煙が、灼熱の室内をゆっくりと漂う……

赤井　……楔《くさび》なくした夫婦の崩壊なんて早いもんだぜ。よく手首を切りやがった。俺じゃねぇぞ、恵子だ。酒飲むと決まって切りやがる。血を流すとな、その分だけ自分の中の悪いもんが出ていく気がして、気持ちがいいんだと……で、朝になるとビデオ見るわけよ。運動会のビデオさ。ボリューム一杯にしやがって……ガキがギャーギャー喚いでやがる……たまんねぇよ、実際……

力なく回る扇風機……

赤井　——さ、次はあんただ。今度は俺が壁になる。見本は見せただろ？　とにかく好き勝手に喋ればいいんだ。そうすりゃあ気分も晴れる。

陽子　……、

赤井　とっととはじめろよ。

陽子　……だって、

赤井　力、抜きゃあいいのさ。一人だと思えばいいんだ。この世で息してんのは、テメェ、一人だけだってな。

陽子　……、

赤井、「よし」とばかりに襖を開けて、押入れの中へ入り込む。

赤井　どうだ、これならいいだろ？（襖を閉める）はじめな。

陽子　……、

時を刻む、目覚し時計……

赤井　（襖の中から）おい、早くはじめろよ！

陽子　ごめんなさい、ちょっと、ボウッとしてて、

赤井　（襖の中から）ふざけんな！　こっちは暑くて、息が詰まりそうなんだ。俺、殺す気かあんた⁉

陽子、ビールを一本持って、襖を開ける。

赤井　……な、なんだよ。
陽子　（ビールを差し出す）ちょっとぬるいけど……、
赤井　……。（それを受け取り）おい、いいからはじめろ。俺は壁なんだ。俺のことは無視するんだ。俺は壁なんだ。（ピシャリと襖を閉めてしまう）

力なく回る扇風機……

陽子　（やがて襖に向かって）あの……、私もビール飲みます。飲んでいいですか？
赤井　（答えず）
陽子　（襖を開けて）飲んでいい？
赤井　（開けられて）……おまえ、わかってんのか？
陽子　はい？
赤井　はいじゃねぇんだって、俺は壁なんだって。だからなにも答えんし、なにも聞き返しもしない。勝手にすすめりゃいいんだよ。
陽子　あぁ、
赤井　わかったか？
陽子　むずかしいのね、

赤井　どこが、ただ喋ればいいんだろうが、
陽子　そうだけど、
赤井　頼むぜ、ホントに、（ピシャリと襖を閉めてしまう）
陽子　……。

力なく回る扇風機……

陽子　（襖に向かって）ビール、飲みま〜す。（まずそう）……ぬるいです。

揺れる鉄風鈴……。

陽子　……はじまりは、多分……、至極単純なことだったと思うの……ただ、時間と、状況と……、そんなものが、いろいろ交じり合って、複雑になって……

目覚し時計が時を刻んでいる……。

陽子　（プルトップを見つめている）……要するに貧乏性なんです。あの……そんなこと言ったら、又あなたに怒られるかもしれないけど、本当なの……。捨てられているものとか見

ちゃうと、駄目なんです。すぐ拾っちゃう……。（ビール缶を示し）空き缶なんかも気がついたら拾っちゃってるわ。……拾って、別にどうしようってわけじゃないんだけど……。でも瓶とかはお金に換えてくれるし、こういうプルトップなんかは、集めると、車椅子とかが貰えるんですって……。だからどうしても拾っちゃうんだけど……いっそのこと、全部燃えてなくなっちゃえばいいと思うことがあるの。だって、そうしたら、私だって拾わなくなると思うのよ。だって燃えたら、少なくともゴミじゃなくなるわけでしょう？　人間だって死んだら燃やして灰にしちゃうじゃない？　……でも駄目よねきっと……ゴミがなくなるなんてあり得ないもの……。

揺れる鉄風鈴……目覚まし時計が時を刻んでいる……。

陽子　（室内を見渡し）……考えてみたら、この部屋にあるものだって、半分くらいは拾ってきたもの。あの机だって、本棚だって、スタンドも確かそうだわ……みんなゴミ……。父によく怒られたわ。おまえは頭がおかしいんじゃないかって……。「おまえは金がないわけじゃないのに、なんでそんな真似をするんだ。金なら腐る程あるんだぞ、あの女の金が！」――「あの女は、家柄を鼻にかけて、俺たちをバカにしているんだ。だから俺たちはあの女に復讐をしてやろう。」

鉄風鈴……。

陽子 そうだわ……あの鉄風鈴はあそこじゃなかった……あっちの小窓にかかっていた……あれが鳴ると、父が入ってくる……母の悪口を言いに……それが合図だったわ……風鈴が鳴る……父が入ってくる……そして、私は……決まって息苦しくなる……、

そのポッカリと開いた黒い天井穴を見上げる陽子。

陽子 ——母が、天井裏に上《のぼ》って、じっと私たちを見ている……息をひそめて……じっと……でも父は信じちゃくれなかったわ……「大丈夫だ陽子。あの女は今、病院にいるんだぞ。気が狂って一生出られないんだ。いるわけないじゃないか。」

入り口が開く——。

陽子 ——!

静寂……。

栗栖　赤井はどこへ行きましたか?
陽子　……、（後ずさる）
栗栖　赤井はどこへ行ったんです。
陽子　（後ずさる）

栗栖、室内へと入り込み、入り口を閉める。
栗栖、押入れを開けるが、そこに赤井の姿はなく、缶ビールが一本置かれているのみ。

栗栖　（携帯電話を取り出し）栗栖だ、捜査本部つなげろ——栗栖だ。山崎出せ——俺だ。今、女のところにいる——赤井の野郎は姿を消したぞ。——いいさ、奴がいないならいないで好都合だ。坂口の様子はどうだ——わかった。（腕時計を見て）一時間後に、二、三人こっちに寄越してくれ——あぁ、そうだ、宮島がいい——。

揺れる鉄風鈴……。

陽子　……。
栗栖　（笑う）あんた、そうしているとウチの課長に似ている。まるで壁みたいだ。我々は人と話をするとき、顔の筋肉の動きに注意している。ちょっとでも筋肉が動けば、それはこっちの言動に反応してるってことになる。そうやって我々は、その人間の嘘を見ぬくよう訓練されてきたわけなんですが、課長の場合、これがほとんど動かない。まるで生きた壁、そのもの。さて質問です。坂口が今、なにをウタッているか、あなた、気になりますか？

陽子　……。

栗栖　坂口は現在、あんたを乱暴し、金を奪ったことまでは認めている。しかし肝心の殺害については、やってないの一点張り。さて、あんたはどう思いますか？　坂口の言ってることは嘘か本当か？　つまり、あんたの親父さんを殺《や》ったのは、坂口か、そうじゃない他の誰かか？

陽子　……。

栗栖　正直言って、私も坂口に逢うまでは半々でしたよ。でも実際の坂口をやっとこの目で拝むことができて、俺は確信した。坂口は殺《や》っていない。じゃあ犯人《ホシ》は誰だ？

陽子　出てって……、

栗栖　動きましたね、壁が。

陽子　出てってよ！

栗栖　（その口調に）なるほど、夜になれば、望月レカへと変貌ってわけだ。だとすりゃあこっちも気が楽だ。無理に背伸びすることもない。

揺れる鉄風鈴……。

簡易ベッドへと座り込む栗栖。

栗栖 精神病院がどんなところか、あんたならよくわかってるだろう？　ちなみにね、ああしたところは、近親者が出さないでくれと頼めば、症状がどんなに快方に向かっていても退院させないらしい。つまりあんたの父親が、出さないでくれと頼み込めば、一生あんたの母親は、

陽子 出ていって、

栗栖 あんたの母親ね。医者の面会の度《たんび》に、おかしなことを言ってたそうです。自分がこの離れの天井裏に上《のぼ》ってね、小さな穴ん中から下をのぞき込んでる話だ。聞いたことありません？　そんな話。

鉄風鈴……。

陽子 お願い……出てって、

栗栖 あんなところに上《のぼ》って一体なにをのぞいていたと思います？

鉄風鈴……。

栗栖　そもそも、あんたの母親がこの離れを作ろうと思ったのはなぜか？　あんたの母親は、なんで頭がおかしくなってしまったか？

陽子　私に聞かないで、私は母じゃない！

栗栖　中学になって、あんたの母親はこの離れをつくり、あんたを監禁同然にした。それに怒った父親が、今度は母親を精神病院に入れる。母親が不在になったこの家の中で、あんたは母親の代わりになって、家の家事から、なにからなにまですることになった。なにからなにまで！

陽子　――！

窓辺へと駆け寄り、雨戸を開け、鉄風鈴を外そうとする陽子――栗栖が陽子を取り押さえる。悲鳴を挙げそうになる陽子の口を、手で塞ぐ栗栖。

足をバタつかせ、鉄風鈴を外そうと必死に抵抗を試みる陽子。

栗栖　あんた不感症なんだってな？　ところが自分が上になると、とたんに女王様に変貌だ。（笑う）要するにのっかられるのは駄目だが、自分からのっかっていくのはいいんだってな、あんたみたいな経験した連中ってのはよ。

陽子、ベッドの片隅に置いてあったビール瓶を取り上げ、栗栖にふるう。

栗栖　（ビール瓶を押さえつけ）そうやって親父さん殴ったのか？　だろ、え？　何度も何度もよ、頭割れるまでな！

陽子　――

栗栖　（ビール瓶を陽子の手から取り上げ）いいかげん芝居は終わりだ。あんた記憶なんかなくしてない。それどころか、反対になくしてた記憶を取り戻す羽目になっちまった。

陽子　――

栗栖　あの日、坂口はあんたの部屋しのび込んで、あんたを犯した。坂口が出て行った後、たまたま、運の悪いことに親父さんがたずねて来た。そのとき、あんた、全部思い出しちまった。母親がなぜこの部屋を作ったのか、なぜ作らなきゃいけなかったのか。そして、この部屋の中で、あんたと父親の間でなにが起こっていたのか！

陽子　……あんたらゴミだわ。――ゴミ！

栗栖　俺がゴミならあんたなんだ？　え？　ゴミを漁るカラスってとこか？　ふざけんな！

栗栖、陽子を簡易ベッドへと横臥させ、手錠を取り出し、陽子の両手へとかけ、口にハンカチを押し込め、覆いかぶさる。

陽子　――！

陽子、天井穴に人影を発見する。

赤井　――。

赤井である。栗栖は陽子に覆いかぶさっているため、天井の赤井には気がついていない。

栗栖　――テメェが夜の街でやってきたことを思い出してみろってんだよ！　女王様は女王様でも、とんだ女王様だった夜のことをよ！　女子トイレで着替えをして、望月レカになったあんたは、ホテルならまだしも、ビルの陰でも路上でも、平気でヤッたそうじゃねぇか。いやがる客を駐車場まで追い掛け回して、無理やり突っ込ませたことだってある。まるで夜鷹みてぇによ！　最初は相場の三万くらいで客とってたあんたも、皆気味悪がって、最後は三千円だ。（笑う）三千円だぜ。そんなに乗っかりてぇのかよ、え？　そんなに突っ込ませてぇのかよ！（ポケットから財布を抜き、千円札三枚取り出し）そんなにヤリてぇなら、ヤラせてやらぁ、食らえ！

扉が開き、藤堂が入って来る。

同時に天井裏より赤井が飛び降り、空のビール瓶を取り上げ、栗栖の脳天へ。

栗栖　――、

赤井は、栗栖に手錠をかける。

赤井　（手錠をかけながら藤堂に）おいベルト！
藤堂　は？
赤井　ベルトだ、足しばれ！
藤堂　（言われた通りにしながら）なんだよ、どうなってんだ？
赤井　……さぁね。
藤堂　さぁねって、
赤井　大体、来るのが遅すぎんだテメェは、
藤堂　呼び出しておいてなんだよそれ、
赤井　うるせぇ、俺だってよくわからねぇんだ、ゴタゴタ言うな！
栗栖　なんの真似だ……！（顔は血だらけだ）
赤井　うるせぇ！（蹴り上げる）
栗栖　――（苦悶）

赤井　宮下公園の借りだ、くそったれが。
栗栖　……、

力なく回る扇風機……。

赤井　（栗栖に）おい、本部はどこまで固まってんだ？
栗栖　……、
赤井　犯人《ホシ》は坂口か、望月か。
栗栖　……、

赤井、手錠の鍵を取り上げ、陽子の手錠を外す。

赤井　（陽子に）……行けよ。とっとと、どこへでも行っちまってくれ。
陽子　……。
藤堂　……おい、
赤井　あんた、やっと自由になれたんだろ。だったらさっさと行け！
藤堂　おい、おい、おい、おい、
赤井　うるせぇな、黙ってろ。

栗栖　アカイ、
赤井　（栗栖を蹴り上げる）
栗栖　——！（苦悶）

赤井、ハンカチ取り上げ、栗栖の口に押し込む。

赤井　（栗栖に）いいか、よく聞け。俺の知り合いに、すげぇ両刀つかいがいる。そいつは男にも女にも突っ込み、男からも女からも突っ込まれる、ヘンタイ野郎さ。なんならそいつを今すぐここに呼んで、テメェの小せぇ尻《ケツ》の穴、ブカブカにさせんのはわけねぇんだ。突っ込まれる痛み知らねぇ人間は、一度突っ込んでもらった方が人生のお勉強になるんじゃねぇのかァ？
藤堂　——狂ってるよ、テメェは。
赤井　（陽子に）とっとと俺の前から消えろ！　じゃねぇといつまた気が変わるかわからんぞ！
藤堂　外で張ってるかもしれんぞ。出歩けばすぐにわかる。
赤井　——、

赤井、ワンピースの一つと、落ちている金髪のかつらを陽子に放り投げる。

陽子　……、
赤井　着替えろ。スッピンで出歩くよりはマシだろ。
藤堂　子どもだましだ。
赤井　うるせえな、じゃテメェ、なんか他にあんのか？
藤堂　なんで俺が考えなきゃあなんねぇんだよ。俺は関係ねぇぞ、
赤井　関係ねぇなら口出すな！
藤堂　テメェのこと考えてやってんだろうが！
赤井　（陽子に）とにかく着替えろ。グズグズすんな！
陽子　あなたはどうするの？
赤井　なんで人のことを気にする？　俺のことはどうだっていいんだ、バカ。
陽子　……、
赤井　いいか、俺の人生なんてな、どうにかなるんだ。これまでもそうだったし、これからだってそうだ。ところがあんたは違う。直ったんだ。長ーいビョーキの時代から出て来れたんだ。とっととこの部屋から出てけ。捕まったら捕まっただ。そんときは、せいぜい自分の運命を呪ってくれ。
陽子　……。
赤井　おい、聞いてんのか？　苛々すんなまったく。人生の後悔ってのはな、なにかしちまっ

たことじゃなく、なにもしなかったことの方が大きいんだ。だから俺はやる。あんたもやるんだ。ほら、行けよ！

赤井は、陽子をトイレへと押し込む。

赤井　（トイレの扉越しに）終わったら言えよ。

旋回するモビール……。

藤堂　なにやってんだ、おまえは？
赤井　……、（答えず）
藤堂　赤井、おまえは一体、なにやってんだよ。
赤井　やるだけやるのさ。あとは、この女の運次第ってわけだ。
藤堂　そんなこと聞いてんじゃねぇよ。
赤井　つるせぇなぁ、踏ん切りつけたいだけだよ。
藤堂　なんのよ、
赤井　人生のよ、
藤堂　なに気取ってやがるんだ、バカ、

赤井　俺の人生見てたらわからんか？
藤堂　テメェみてぇな人生、世間にはゴロゴロしてんだ、
赤井　だからそういうゴロゴロしてる人生の踏ん切りよ。
藤堂　じゃあ俺は一体、どうすりゃいいんだ？　こういう場合は？
赤井　テメェで考えろ。
藤堂　ブッとばすぞ、テメェは。
赤井　勝手にすりゃあいいのさ！
藤堂　……子どもだましじゃねぇ。あんた本当の子どもだ、ガキだ。ギャーギャー喚くしか能のねぇガキだ。第一、（栗栖を示し）どうすんだよ、こいつ。

赤井、おもむろに携帯電話を取りだし……

赤井　（電話に向かって）赤井だ、捜査本部つなげてくれ――赤井だ、山崎いるか――出してくれ――かまわん、至急だ――俺だ、赤井だ。――実はな、栗栖がもうこっちに来てる、それがな、なんでも自棄酒あおって、誰かにヤキ入れられたようなんだが、ご本人はよくおぼえてねぇらしい。おまえ引き取りに来い――どこって女の離れさ――なにもねぇよ、なにも起こっちゃいねぇ――とにかく来たらわかる――あぁ、待ってる。じゃあな。
（切る）

藤堂　……ただじゃ済まんぞ。
赤井　……わかってるさ。
藤堂　……だったらいいがね。
赤井　余計なこと聞くな。
藤堂　一つだけ言わせてくれ。
赤井　なんだ。
藤堂　恵子のときも、このくらい真剣になりゃあよかったんだ。

鉄風鈴が揺れている……。
赤井、窓辺へと歩み寄り、その鉄風鈴を取り上げ、外に投棄する。

赤井　……考えるのは飽きた。
藤堂　……俺もだ。

トイレの扉が開き、中から、「レカ」が出てくる。

赤井　また、立つのか？　円山に？
陽子　……。

赤井　いや、別に俺はかまわねぇけどな、男だって女だって、一度はとことんまで堕ちてみたいと思うもんさ。ただな、一人で堕ちちゃあ、それはただのバカだ。堕ちるには相手がいる。一緒に堕ちる相手がだ。しかし、堕ちる相手を間違えちゃいけねぇ。相手は慎重に選ばないとな。
陽子　どうして？
赤井　……わからないが、どうもそういうものらしいのさ……。
陽子　……。
赤井　（懐から封筒を取り出し）二十万入ってる。
陽子　……。
赤井　とにかくあんたには、話し相手が必要だってことだ。それだけは確かさ。
陽子　あなたには？
赤井　（藤堂を示し）俺にはとりあえず、こいつがいる。
藤堂　冗談じゃねぇよ、バカ、
赤井　一度な、これ着てな、思いきり太陽の下に立ってみろ。だって「レカ」ってのは太陽だろ？　暗闇の太陽なんて、文学みてぇで、しみったれてるからな。（無理やり陽子の手に二十万を握らせ）行けよ。
陽子　今朝……、
赤井　ん？

陽子　あなた、私を押し倒したわ。
赤井　なんだよ、
陽子　押し倒したわよね、
赤井　なに、慰謝料でも寄越せってか？　勘弁してくれよ、
陽子　どうしてあんなことしたの？
赤井　質問が多すぎんだよ、テメェは。
陽子　答えて、どうしてあんなことしたの。
赤井　……顔が見たかっただけさ。
陽子　……。
赤井　あんたの顔が見たかった。ただそれだけだ。
陽子　（抱きつく）
赤井　（それを払う）
陽子　（尚も）
赤井　よせって、
陽子　（尚も）
赤井　よせよ、
陽子　――！（赤井を抱きしめる）

フラッシュがたかれる。藤堂が二人にカメラを向けていた。

赤井　おい、カメラ、寄越せ、

藤堂　これはいざという時のための、俺の金蔓だ。

赤井　寄越せってんだろ！（陽子に）いいからおまえは早く出て行け！

陽子　……、

赤井　早く行け！　忘れるな、二度とゴミ漁りなんてすんじゃねぇ。おい、返せ、

藤堂　冗談じゃねぇよ、

赤井　返せってんだろ！

赤井が藤堂と取り合いをしている間に、陽子は出て行く。

藤堂　――！（入り口へと走る）

赤井　……、（入り口へ……）

しばし立ち尽くしている藤堂と赤井……

藤堂　……どうしてわかった。

赤井　……なにが。
藤堂　望月陽子がホン犯人《ボシ》だってことさ。
赤井　……なんとなく、途中からな。
藤堂　たいした芝居だったってわけさ。
赤井　……他人から見れば、テメェの人生なんてみんな芝居だ。
藤堂　（室内に入り込み）おまえのおかげで、本当俺はろくでもねぇ人生送っちまった……。
赤井　……。

目覚し時計が時を刻んでいく……。

赤井　本当にのぞいてたのかね。（室内に入り込みながら）
藤堂　なに、
赤井　自殺した母親が病院で言ってたらしい。自分は天井裏でのぞいてたんだって。だとするとあのナイフは、
藤堂　無理だ。ここができてから母親はずっと入院してたんだから。
赤井　陽子だって、言ってた。天井裏から母親がのぞいてたんだって。
藤堂　天井裏から誰かがのぞいてるなんてのは、ああいった病気にはよくある症状だ。
赤井　……幻想か……

藤堂　キチガイは遺伝するって言うしな。陽子は母親似だったらしい。彼女の不幸は言ってみりゃあそれさ。家柄の違う母親の親族の白い目に晒され続けた親父は、彼女を犯すことで、テメェのガス抜きをしてたんだ。
赤井　……狂ってんな。
藤堂　一億総キチガイよ。

赤井、トランクをテーブルの上に開き、その中に「レカ」の残ったワンピース、下着類を集めはじめる。

藤堂　なにしてんだ？
赤井　燃やすのさ。ゴミは燃やさねぇとな。望月レカの葬式だ。
藤堂　（鼻で笑う）メロドラマだな。
赤井　（集めながら）なんとでも言え。
藤堂　……、

やがて、藤堂もそれに加わる。
二人して「レカ」の物をテーブル上のトランクへ次々と投棄する。
テーブルに載せられた、山のような望月レカの装飾品……

二人、つくづくそれを眺めている。

赤井　……女ってのは、男が持ってる余計なものを、全部吸いとってくれる……

藤堂　……ありがたい生き物じゃねぇか。

赤井、携帯電話を取り上げ、それを「レカ」の装飾品の上へ載せる。
やがて藤堂も、カメラを同様に……。

赤井　おい、（栗栖に）ついでにおまえも燃やしてやろうか？

栗栖　……。（二人を見ていた……）

藤堂　完全犯罪か？

赤井　そういうこと。

藤堂　（笑う）だったら、ここ全部燃やしちまえばいい。母屋の連中は、どうせここ売ること
しか考えてねえみたいだからな。

小窓から顔を出している山崎。藤堂、簡易ベッドに横になり、テレビのスイッチを入れる。
画像は映らず、砂嵐状態……。

赤井　（栗栖の猿轡を取る）お帰りの時間だ。
栗栖　（座ったまま）……なにやってた、山崎。
山崎　なんです？
栗栖　なんですじゃねぇ、宮島はどしたんだ、宮島は。ここへ寄越せって言っただろ。
山崎　それどころじゃなかったもんでね。
栗栖　女が逃げた。すぐ追うんだ。（赤井を見つめる）
赤井　……。（栗栖を見つめる）
山崎　その必要はありませんよ。藤堂、おまえ、こんなところで油売ってていいのか？　署の方じゃ今、偉い騒ぎになってるぞ。坂口がウタった、なにもかもな。
栗栖　……なんだと？
山崎　犯人は坂口。これで捜査本部は解散です。

旋回しているモビール……

栗栖　（胸倉を摑み上げ）——冗談じゃねぇぞ！　犯人《ホシ》は望月だ！

山崎は、その手を乱暴に払いのける。栗栖は暴行の為、身体が動かず、床へ尻餅をつく格好。

山崎　（栗栖に）——「自白」があるんだよ、自白が！　動かざるをえないんじゃあないのォ、本庁サンよォ！

栗栖　……テメエ、やりやがったな……、

山崎　（栗栖を見て）しかし、派手にやられましたねぇ。相手はわかってんですか？

栗栖　吐かせたのはテメエだな。

山崎　一体誰にやられたんです？

栗栖　答えろ、テメエだな！

山崎　どうしようもないよ。無理して挙げたって結局は三十九条が待っている。

栗栖　……。

山崎　自分が殺《や》ったって人間が現れてんですから、さっさとケリつけましょうよ。馬鹿の一つおぼえみたいに、犯人挙げることばかり考えてちゃあ、刑事は勤まりません。ま、これは俺の忠告ですけど。（赤井に）ねぇ？

遠くから聞こえてくる、ラジオ体操の歌……。

赤井　……無駄だ……（栗栖に）おまえに勝ち目はない。（山崎に）優秀な刑事殿に乾杯だな。

山崎　そうだな、お二人さんはちょっと古いからな。

栗栖　見てろ、これで終わらせやしない。
山崎　ブン屋にネタ売りでもしますか？
藤堂　（笑う）そいつはいいやな。

山崎、閉め切られていた雨戸を開ける。
灼熱の太陽光が室内にさし込む……。

山崎　暑くなりますってよ、今日も……涼しいですよね、奥多摩は。木々がそよいで、そよ風サラサラってね。

赤い太陽光に染まっている四人……。

赤井　どうやって落とした。
山崎　え？
赤井　坂口だよ、なんだって落とした。
山崎　突っ込みで入るのと、殺しで入るんじゃあ、入ってからのム所の扱いが違う。殺しじゃ顔も売れるが、突っ込みじゃ血が出るまで尻の穴、いたぶられるぞって言ってやったら一発だ。

藤堂　チンピラらしい、くだらねぇプライドってとこだ。
赤井　変わらねぇさ、俺たちだって。
栗栖　……。

栗栖、出て行く。

山崎　（腕時計を見て栗栖に）どうします？　会議そろそろ始まりますけど。

答えず、栗栖は立ち去ってしまう……。
力なく回る扇風機……。

山崎　じゃ、お先に。

山崎、入り口へ……

山崎　あ、赤井、課長が今月の報告書、早くまとめろって言ってたぞ。
赤井　死ね。
山崎　（鼻で笑う）そう伝えとくわ。

山崎、去って行く。

カラスがうるさい……赤い太陽光に染まっている室内……。

藤堂　（何も映っていないテレビ画面を見ながら）……俺たちも早く出ようぜ。腐っちまいそうだ。

赤井　そのまえに燃やさないとな……

藤堂　まだ、言ってんのか。

赤井　そうだ……亀……亀どうした？

藤堂　……正気じゃねぇな、本当。

赤井　亀だよ。テメェどこやった？

藤堂　（机の引き出しを示す）

赤井、引き出しごと亀を持ち出し、それを窓から投棄。

赤井　おい、とにかく、あれ燃やせ。

藤堂　俺がか？

赤井　爬虫類はおまえの管轄だ。

藤堂　人間というアホな動物の歴史は、歩みがのろい。おまえ見てると、本当そう思うよ。

赤井　とっととやれよ！

藤堂　もしもし亀よ、亀さんよ～。

藤堂、窓から庭へ……庭から声だけ……。

赤井　(テーブル上の「レカ」の品々) 焚き付けなら山ほどあるからな。

藤堂　ここ十数年だろ？　エアコンとかよ。

赤井　昔、こんなに暑かったかな。

藤堂　糞……暑いなァ……。

下着類を何枚か藤堂のいる庭へ放り投げる。

藤堂　気が狂いそうだ。

赤井　なんで。

藤堂　俺はこんなところでなにをやってるんだと考えると、気が狂いそうだ。

赤井　考えるな、考えるな。

藤堂　あぁ、考えないさ。考えたら自殺しちまいそうだ。

赤井　ちゃんと燃やせよ。跡形も残すな。

燃やしている煙が室内にも入ってくる。
赤井の顔を照らすのは、燃え上がる炎の赤か、それとも太陽光の赤か……。
赤井、ふとゴミ箱の中から、藤堂が持って来たビデオを取り出す。
庭で亀を焼いている藤堂の携帯が鳴る……。

藤堂　もしもし藤堂です――、

しばし、無言。
やがて、藤堂が窓から顔を出す。

藤堂　デスクから連絡があった。これからすぐに行かなくちゃならねぇ。
赤井　なんだよ。
藤堂　望月陽子が自殺したそうだ。
赤井　……、
藤堂　焼身自殺だ。
赤井　……
藤堂　俺は、現場に行く。おまえどうする。

赤井　……

藤堂　先に行ってる。（庭を示し）まだ燃え尽きちゃあいねぇから、ちゃんと見ててくれ、いいな。

赤井　……

藤堂、窓から入り込み、荷物を持って入り口から出て行く。
赤井は、しばし動かず……庭からの煙、徐々に多く……。
登校する小学生たちの歓声が聞こえる……
赤井、手にしたビデオの再生ボタンを押す。
ビデオのファインダーに見える望月陽子の姿……。

赤井　（ビデオの中の陽子に向かって）なによ？　どうしたのかって？　まぁ、ちょっとな、こんなふうに一人の女のことを考えるのは何年ぶりだろうかってな……一人の女の顔をじっとながめたのは何年ぶりだろうかってさ、考えてたわけよ……。（笑う）馬鹿、冗談やめろよ、そんなんじゃねぇよ。俺いくつだと思ってんだ？　……未練はあるさ。でも俺は追いかけやしない。北の人間は後くされがないんだ。たとえ捨てられたって、しぶとく追うなんて真似はゼッタイにしねぇ。去る者は追わず……淡泊なもんさ。（ビデオを消し、何も映っていないテレビ画面を見つめ）……あぁなぁ、そういえばよ、鉄腕アトム……アトムの最終回があれだったよなぁ、ミサイル持ってよ、太陽に突っ込んでくんだよな……太陽によ……ありゃあ泣いたなぁ……あんな最後ってアリか？　って思ったよなぁ、子ども心によ……

小学生たちの歓声……

赤井　駄目だ……またぶりかえして来た。糞……、病院？　馬鹿、俺の心配よりもテメェの心配をしろよ、ちったぁ……。

赤井、入り口付近に置いてあった灯油のポリタンクを取り上げ、「鉄腕アトム」の鼻歌を歌いながら、灯油を室内の至る所に撒く。
赤井、机に座り込み、煙草をくわえる。
小学生たちの歓声……。

赤井　うるせぇなぁ、ガキがうるせぇよ……、

被っていた金髪のかつら、煙草を「レカ」の荷物が載っているテーブルへ投棄する赤井。
小学生たちの歓声……

煙草に火をつける赤井。深々と、その紫煙を吸い込む……
赤い太陽光が煙草を吸う赤井を染めて行く……

※執筆にあたり、『東電ＯＬ殺人事件』（佐野眞一、新潮社）を参考とさせて頂きました。

あとがき

人間は常になんらかの集団に属していなければ最後は自殺してしまう云々といったようなことを、かつてどこかで読んだことがある。

巷には携帯電話が氾濫し、コンピューターの普及などによってネット上での情報交換も進み、一見、人が「孤独」でありえる状況がどんどん難しくなっているように思える昨今だが、相変わらず自殺者の数は減っていないどころか、増えている傾向にあるそうだ。経済の破綻等が自殺者増加の説明にはなっているようだが、そうした理屈はこの際関係ない。

三〇年ほど前、寺山修司の『書を捨てよ街に出よう』に象徴されるように、若者達の関心は、家を出て外へ、外へと向いていたように思う。つまり、自分の回りにあるあらゆる壁を取り払って、自分の足で広い世界へと乗り出していくのが、一つの青春譚歌としてもてはやされた時代が確かにあった。あれから三〇年、携帯電話、インターネットなどの普及によって、我々は自分の足を運ばずともあらゆる情報を得ることができ、他人との交流も可能になった。つまり、壁を破らずとも、我々は充分満たされる気分だけは味わうことができるようになっている。現代は、壁をいかにして破るかなどということは端から問題にはされない。最早「壁」など、消滅したかのような印象すらある。しかし、「赤井」は壁に向かって話をする。「壁」が「赤井」にとっての唯一の話し相手である。「赤井」はこの「壁」がある故、「孤独からの自殺」を免れている。しかし、反面この「壁」がある以上、決して「孤独」からは脱出できないに違いない。我々は情報化社会を生きることによって、一つの大きな「壁」を取り払った分、それぞれの心の中に、小さな、そして強固な「壁」を幾重にも創りだしてしまった。この「壁」は、なかなか破れそうもない……。

二〇〇〇年九月

鐘下辰男

「アーバンクロウ」上演記録

2000年10月13日～29日
下北沢ザ・スズナリ

CAST

赤井 ……………………………………………千葉哲也
栗栖 …………………………………………うじきつよし
山崎 ……………………………………………川原和久
望月陽子 ………………………………………渡辺典子
藤堂 …………………………………………塩野谷正幸

STAFF

作・演出 ………………………………………鐘下辰男
美術 ……………………………………………島次郎
照明 ……………………………………………中川隆一
音響…………………………井上正弘（オフィス新音）
舞台監督 ……津田光正・藤井伸彦（バックステージ）
演出助手 ………………………………………河合知子
衣裳製作 ………………………………………河野圭美
スチール ………………………………………青木司
宣伝美術 ………………………………………西山昭彦
製作 ……………………………………………綿貫凜
企画 …………………………演劇企画集団THE・ガジラ

鐘下辰男（かねした・たつお）
1964年北海道生まれ。劇団青年座研究所実習科を卒業後，87年に演劇企画集団ＴＨＥ・ガジラを創立。以後，劇作家・演出家として年３回のペースで作品を発表。92年に永山則夫を題材にした「tatsuya――最愛なる者の側へ」などで芸術選奨文部大臣新人賞を受賞。10周年を迎えた97年には，第32回紀伊國屋演劇賞個人賞を「PW-PRISONER OF WAR」の戯曲と演出，文学座に書き下ろした「寒花」で受賞。また第５回読売演劇大賞の大賞・最優秀演出家賞を「PW-PRISONER OF WAR」，「温室の前」（作・岸田國士），「仮釈放」（原作・吉村昭），「どん底」（作・松田正隆）の４作品で受賞。多方面に仕事の幅を広げながら，常に日本人を見据えた作品を創り続けている。

本作品の上演に関するお問い合わせは，オフィス コットーネ（〒154-0001 東京都世田谷区池尻 4-12-14 池尻エースビル１F ☎ 03-3411-4081）までお願いします。

アーバンクロウ――呼吸《いき》もできない

2000年10月30日　初版第１刷印刷
2000年11月10日　初版第１刷発行

著　者　鐘下辰男
発行者　森下紀夫
発行所　論　創　社
東京都千代田区神田神保町 2-19　小林ビル
電話 03（3264）5254　振替口座 00160-1-155266
組版　ワニプラン／印刷・製本　中央精版印刷
ISBN4-8460-0186-5　